Kurschattengewächse

Iris Boden
1966 in Köln geboren. Von 2009 bis 2011 absol-
vierte sie den Studiengang Belletristik an der Ham-
burger Akademie für Fernstudien. Bisher veröf-
fentlichte sie Kurzgeschichten und Gedichte. *Kurschattengewächse* ist ihr erster Roman. Die Autorin
lebt und schreibt in Dormagen.

Iris Boden

Kurschattengewächse

Roman

Bibliografische Informationen der Deutschen Nationalbibliothek:
Die Deutsche Nationalbibliothek verzeichnet diese Publikation in der Deutschen Nationalbibliografie; detaillierte bibliografische Daten sind im Internet über http://dnb.d-nb.de abrufbar.

© 2018 – Iris Boden, Dormagen
Umschlagabbildung: © Iris Boden

Herstellung und Verlag:
BoD – Books on Demand, Norderstedt
ISBN 978-3-7528-3568-7

Inhaltsverzeichnis

Vorwort

Immer wieder sind Menschen mit den ihnen angebotenen Rehabilitationsmaßnahmen unzufrieden. Entweder sind die Zimmer zu groß, zu klein, zu schmutzig, zu spartanisch, zu konservativ; das Essen zu fad, zu wenig, zu üppig, zu gesund, zu ungesund; die Ärzte zu inkompetent, zu unfreundlich, zu wenig interessiert; die Therapien zu veraltet, zu langweilig, zu anstrengend, zu lax ...
Die Liste könnte ich immer weiter fortführen, denn etwas zu bemängeln, gibt es immer. Man kann es einfach nicht jedem Recht machen. Dabei wäre alles sehr einfach, wenn jeder den Blick auf das Wesentliche lenken würde. Nur was das Wesentliche ist, muss man für sich selbst herausfinden. So, wie die Protagonistin Irina Schmitz in meiner Geschichte.
Bad Ungerhol ist ein erfundenes Dorf (Ungerhol setzt sich aus den Silben des Wortes Erholung zusammen). Ebenso ist die Klinik Sonnenschein rein fiktiv. Beide stehen stellvertretend für viele andere Kliniken in vielen anderen Ortschaften.
Auch die Personen und Handlungen sind frei erfunden. Allerdings vermögen manche Leserinnen und manche Leser, die einmal an einer Rehabilitationsmaßnahme teilgenommen haben, Ähnlichkeiten mit realen Menschen und Begebenheiten ent

decken. Da bin ich mir ganz sicher. Und vielleicht hat sogar jemand Irina Schmitz währenddessen kennengelernt. Wie dem auch sei. Ein gewisser Wiedererkennungswert ist durchaus gewollt.

Herzlichst

Iris Boden

Dormagen, im Juli 2018

Einberufungsbescheid

Sehr geehrte Frau Schmitz,

auf Ihren Antrag vom 14.06.2017 bewilligen wir Ihnen eine stationäre Leistung zur medizinischen Rehabilitation.
Die Leistung dauert drei Wochen und wird in folgender Rehabilitationseinrichtung durchgeführt:

Klinik Sonnenschein
Sonnenweg 13
Bad Ungerhol

Aus medizinischen Gründen kann die Leistung abgekürzt oder verlängert werden. Ausschlaggebend für die Behandlungsdauer ist die medizinische Beurteilung durch Ärzte der Rehabilitationseinrichtung.
Den Aufnahmetermin wird Ihnen die Rehabilitationseinrichtung mitteilen.

Freundliche Grüße
Deutsche Rentenversicherung

Vorbereitungen

Ich warte natürlich nicht, bis die Klinik sich mit mir in Verbindung setzt. Ich werde anrufen. Denn ich möchte bei der Terminierung von meinem Mitspracherecht Gebrauch machen. Ich habe schließlich einiges zu organisieren, bevor ich mehrere Wochen aus meinem Leben herausgerissen werde. Immer wieder frage ich mich, warum ich mich dazu habe überreden lassen. Ich ärgere mich schwarz. Und je mehr ich darüber nachdenke, desto ungehaltener werde ich. Sehr zum Leidwesen meiner Familie. Meiner Kollegen. Aber es nutzt nichts. Jetzt muss ich da durch. Wer A sagt muss auch B sagen. Wo kämen wir denn da hin, wenn jeder einfach kurzfristig Termine absagen würde? Nichts wäre mehr geordnet, Regeln hätten keine Bedeutung mehr, es herrschte Chaos pur. Nicht mit mir.

Ich rufe an. Die Terminabsprache klappt. Anreisetag soll der zweite August sein. Ein Mittwoch. Es bleiben mir also noch drei Wochen, um meine Abwesenheit vorzubereiten. Im Büro und zu Hause. Kollegen und Familie sollen versorgt sein und keine zusätzliche Arbeit durch meine Abwesenheit haben. So erstelle ich eine to-do-Liste nach der anderen. Ich liebe solche Listen. Und noch mehr, wenn ich Punkt für Punkt als erledigt streichen kann. Es geht los. Im Büro werden so gut es geht, sämtliche Vorgänge abgeschlossen und wenn das nicht möglich ist, kleine Vermerke für die Kollegen erstellt, in denen festgehalten wird, wie der Stand und was noch zu tun ist. Zu Hause werden Arzttermine verschoben, vorgekocht, die Betten kurz vor Abfahrt noch einmal frisch bezogen, die Putzfrau bekommt zusätzliche Anweisungen für die Zeit meiner Abwesenheit. Rechnungen werden beglichen und es wird eingekauft, damit die Familie mindestens ein halbes Jahr nicht verhungert. Ebenso die Katzen. Die sollen schließlich auch nicht verhungern. Merkzettel werden geschrieben, wann welche Mülltonne geleert wird. Notfalltelefonnummern werden notiert und an den Kühlschrank geheftet. Zum Frisör muss ich auch noch. Und zur Fußpflege. Tanten, Cousins und Cousinen werden für eventuelle Hilfestellungen engagiert. Seit seinem Schlaganfall kann mein Mann eben nicht mehr alles, braucht manchmal Hilfe. Und doch ist es gerade er, der mich immer wieder dazu drängt, diese Reha anzunehmen. Trotzdem ärgere ich mich fast täglich, dass ich mir diesen Stress antue. Warum habe ich mich nicht gewehrt? Ich schlafe kaum noch. Gerade nachts gehe ich immer wieder meine Listen durch. Habe ich auch nichts vergessen? Zwei Tage vor meiner Abreise überkommt mich ein Schub, wie schon lange nicht mehr. Ich wusste gar nicht, dass ich so viele Gelenke habe, die schmerzen können. Rheuma ist halt ein Arschloch. Ich habe es schon immer gewusst. Aber ich mache weiter. Bald habe ich es geschafft. Dann kann die Reise losgehen.

Ankunft

Acht Uhr siebenundzwanzig. Ich schalte den Motor aus. Pünktlich bin ich. Wie immer. Lieber fahre ich ein bis zwei Stunden früher los, als dass ich zu spät komme. Schließlich muss man heutzutage immer mit zwei bis sieben Staus und / oder Baustellen auf den Autobahnen rechnen. Immer. Den Parkplatz habe ich schon einmal gefunden. Jetzt muss hier irgendwo die Klinik sein. Die Klinik, in der ich die nächsten Wochen verbringen werde. Klinik Sonnenschein. Es regnet. Wie passend. Ich schnappe mir meine Handtasche und meinen Regenschirm und mache mich auf den Weg zur Klinik. Immer den Schildern folgend. Zweihundert Meter sind zu schaffen, denke ich, jedoch nach der halben Strecke reue ich meine Entscheidung. Dieses verdammte Knie. Aber jetzt muss ich da durch. Ist halt so. Ich beiße die Zähne zusammen und schaffe trotzdem die letzten Meter nur noch im Schneckentempo. Endlich erreiche ich die Rezeption und lasse mich dort schwerfällig auf einen der bereitstehenden Sessel fallen. Schweiß steht mir auf der Stirn. Der Schmerz ist unerträglich. Endlich sitzen. Bin ja schon lange nicht mehr gesessen. Sozusagen seit zweihundert Metern nicht mehr. Ich schnaufe. Wieder einmal stelle ich mir die Frage, warum ich mir das alles antue. Ob man mir hier wirklich hel-

fen kann? Ich schaue mich um. Durch die Eingangshalle humpeln, schleichen, schlurfen sie. Meines Erachtens nur alte Leute. Mit Krücken. Mit Rollatoren. Im Rollstuhl. Nein – hier gehöre ich nicht her. Ich habe schließlich zweihundert Meter ohne jegliches Hilfsmittel geschafft. Und auch sonst geht es mir gut. Von wegen Überforderung. Von wegen ausgebrannt. Ich bin tough. Ich bin stark. Ich kann Bäume ausreißen. Manchmal. Nein – ich gehöre nicht hierher. Nie und nimmer. Bildet sich da etwa ein Fluchtgedanke? Wie dem auch sei. Ich ziehe das jetzt durch. Wo kämen wir denn da hin, wenn jeder machte, was er wollte? Ich setze also mein fröhliches Gesicht auf und grinse die jungen Damen hinter dem Tresen an. Formalitäten. W-Lan? – Ja, bitte.
Kasten Wasser aufs Zimmer? – Ja, bitte.
Still oder Medium? - Medium, bitte.
Gepäckwagen? – Ja, bitte.
Kurkarte, Hausordnung, Zimmerschlüssel. Nun bin ich registriert. Programmiert. Einkaserniert. Ich darf mit dem Auto vorfahren. Ausladen. Gepäck aufs Zimmer bringen. Dritte Etage. Der Aufzug funktioniert nur dann, wenn er will. Hoffentlich will er, wenn ich mit meinem Gepäck komme. Zehn Uhr dreißig Arztgespräch. Aufnahmeuntersuchung. Zwölf Uhr dreißig Treffpunkt Eingangshalle. Dann werden alle Neuankömmlinge zum Trog geführt. Bereit zum Essen fassen. Den

14

Nachmittag dann zur freien Verfügung. Frei? Ich fühle mich nicht frei. Eher fremdbestimmt. Ich nehme also ein zweites Mal die zweihundert Meter in Angriff. Schließlich muss ich mein Gepäck irgendwie zur Klinik schaffen. Gepäck für mehrere Wochen wohlgemerkt. Exklusive Laptop, Bücher, Schreibzeug. Auch dieses Mal schaffe ich die Strecke. Dann fahre ich mit dem Auto vor, lade alles unter Beobachtung einer Gruppe mit Nordic-Walking-Stöcken auf den Gepäckwagen. Wie blöd. Die sind mir jetzt schon unsympathisch. Glücklicherweise will auch der Aufzug und ich kann meine Koffer und Taschen fast mühelos in meinem Zimmer abladen. Ganz nett, das Zimmer. Ein wenig sauberer dürfte es allerdings sein. Egal. Viel Zeit zum Umschauen habe ich nicht. Schließlich blockiere ich mit meinem Auto den Klinikeingang. Also wieder zurück, den Gepäckwagen im Foyer abstellen, das Auto wieder zum Parkplatz befördern und ein drittes Mal diese verdammten zweihundert Meter in Angriff nehmen.

Erste Kontakte

Wie verabredet sitzen alle Frischlinge auf den Sofas und Sesseln in der Eingangshalle und warten darauf, Essen fassen zu dürfen. Ein jeder hat seine Aufnahmeuntersuchung hinter sich gebracht und ich höre den einen oder anderen Magen lautstark nach Nahrung verlangen. Das ist deshalb so auffällig, weil niemand spricht. Worüber auch? So mit fremden Leuten. Ich will sowieso meine Ruhe haben. Deswegen bin ich schließlich hier. Ich beobachte durch das Fenster das Klinikmaskottchen. Eine kleine getigerte Katze im – wie ich später erfahre – fortgeschrittenen Alter, um die sich ausschließlich die Klinikpatienten kümmern. Ich starre vor mich hin. Hungrig bin ich. Jedoch der Schmerz in meinem Knie lässt nach. Die Schmerztabletten zeigen also Wirkung. Nach dem Mittagessen dürfte ich wieder einigermaßen hergestellt sein.

„Guten Tag. Ich begrüße Sie in der Klinik Sonnenschein. Ich führe Sie nun zu Ihren Tischen. Ab morgen gibt es dann auch für Sie Mittagessen zwischen zwölf und dreizehn Uhr."

Diese äußerst gesund wirkende junge Dame fällt zwischen all den gebeugten, hinkenden Klinikgästen auf, die sich nun langsam aus den Polsterungen erheben. Meine Person inbegriffen. Folgsam trotten wir hinter ihr her. In den Speisesaal. Dort werden wir Tischen zugewiesen. Tischen mit Plätzen für jeweils sechs Personen. Und an einem dieser Tische werde ich nun in den nächsten Wochen dreimal täglich meine Mahlzeiten zu mir nehmen. Zusammen mit fünf anderen Frauen. Am Tisch achtundzwanzig. Wir stellen uns vor. Die Namen, ja selbst die Gesichter meiner Tischnachbarinnen kann ich mir nicht merken. Wozu auch? Ich will hier keine Freundschaften schließen. Keinen Spaß haben. Ich will einfach nur diese auferlegten drei Wochen hinter mich bringen. Ich fühle mich leer und ziehe mich in meinen Kokon zurück. Eigentlich sind sie nett, diese Frauen. Hilfsbereit. Aufmerksam. Ich ermahne mich zur Höflichkeit. Erste zaghafte Gespräche. Nach dem Essen verabschiedet man sich. Ich gehe auf mein Zimmer. Dort richte ich mich ein. Obwohl, viel einzurichten gibt es nicht. Koffer auspacken, Schrank befüllen. Es sind sogar ausreichend Bügel vorhanden. Ansonsten ein Bett, ein Schreibtisch, ein Stuhl, ein Sessel, ein Fernseher. Spartanisch, aber ausreichend. Das Badezimmer frisch renoviert und behindertentauglich. Der Balkon mit Stuhl und Kleiderhakenleiste. Sehr praktisch. Mittlerweile scheint die Sonne. Die Schmerztabletten machen ihre Arbeit gut. So gut, dass ich mich zu einem Spaziergang entschließe, um ein wenig die Gegend zu erkunden. Den Ort auskundschaften. So mache ich mich auf den Weg. Im Kurpark treffe ich eine

Tischnachbarin. Das heißt, sie trifft mich. Ich hätte sie nicht erkannt, wenn sie mich nicht angesprochen hätte. Dabei sitzt sie mir genau gegenüber. Am Tisch achtundzwanzig. Wie heißt sie nochmal? Keine Ahnung. Wir beschließen, gemeinsam einen Supermarkt zu suchen. Den soll es hier geben. Mehr nicht. Vielleicht noch ein paar Cafés und Restaurants, einen Bäcker. Und ein Bekleidungsgeschäft für die Dame fünfundsiebzig plus. Das war's. Wir finden den Supermarkt, kaufen ein paar Süßigkeiten und machen uns wieder auf den Rückweg. Mein Knie schmerzt. Die Wirkung der Schmerztabletten lässt nach. Wieder beiße ich die Zähne zusammen. Die Blöße gebe ich mir nicht. Ich halte mit. Irgendwie. Der Nachmittag ist fast vorüber und bald schon sitzen wir wieder am Tisch achtundzwanzig zum Abendbrot. Und die Therapiepläne für die restliche Woche warten ebenfalls auf uns.

Muckibude

Ich hatte es geahnt. Befürchtet. Wie sollte es auch anders sein. Es ist nun einmal die preiswerteste Möglichkeit, jemanden in sportlicher Hinsicht zu quälen. Geräte- und Ausdauertraining. Diese Worte auf dem Therapieplan springen mich förmlich an. Ich hasse es jetzt schon. Wie ein Hamster im Rad sitzt man auf dem Fahrrad oder läuft auf dem Laufband – ohne Ziel, immer auf einer Stelle – und starrt bestenfalls auf den stumm geschalteten Fernseher. Wenn man nicht schon blöde ist, wird man es hier. In der Muckibude. Garantiert. Ich frage mich ernsthaft, was mir die körperliche Ertüchtigung bringen soll, wenn der Geist zeitgleich verkümmert. Und ich stelle nicht nur mir die Frage. Ich stelle sie auch dem jungen Mann, der mich an den Geräten einweisen soll. Ich erhalte keine Antwort. Er hat definitiv zu viel Zeit an diesem Ort verbracht. Sein Gesichtsausdruck ist genauso, wie das, wovor ich mich fürchte. Einhundertprozentige Verblödung. Aber freundlich ist er und lässt sich durch meine provokativen Äußerungen nicht aus der Ruhe bringen. Wahrscheinlich ist er für den Umgang mit schwierigen Klinikpatienten zusätzlich ausgebildet worden. Immerhin. Er weist mich also ein. Erklärt mir die Geräte, die für mich in Frage kommen. Zeigt mir die richtige Haltung und erstellt akribisch genau einen Trainingsplan. Hier soll ich nun täglich mein Kraft- und Ausdauertraining absolvieren. Holla, die Waldfee. Das wird ja was geben. Meine schlechte Laune ist vorprogrammiert. Und doch arbeite ich ganz brav nach und nach meine Übungen ab. Ich strenge mich sogar an und konzentriere mich auf drei Sätze à fünfzehn Wiederholungen. Dabei mache ich ein dummes Gesicht, denn das gehört schließlich dazu. Geht doch. Während des Ausdauertrainings auf dem Fahrrad schaue ich mir eine TV-Serie an. Ohne Ton. Dafür mit Untertiteln. Irgendeine Herz-Schmerz-Schnulze. *Liebst du mich? Ja, natürlich liebe ich dich. Und, liebst du mich auch wirklich? Aber ja. Hach. Seufz. Aber ich muss dir sagen, dass …* Herrje. Das ist kaum zu ertragen. Für mich. Andere sind da wohl anderer Meinung. Es gibt regelrechte Fans, wie ich später bemerken werde, die vornehmlich zu den Zeiten dieser besagten Serie ihre Übungen absolvieren. Nun, jedem Tierchen sein Plaisierchen. Ich bin wahrscheinlich für so etwas zu unromantisch. Nach dem Training tut mir alles weh. Ganz besonders Knie und Rücken. Egal. Es folgt ja noch Rückenschule. Und Wirbelsäulengymnastik. Und … Irgendeine Therapie davon wird es schon richten. Tun sie aber nicht. Also es richten. Im Gegenteil. Am Abend schaffe ich kaum die paar Schritte zum Aufzug. Mein rechtes Knie lässt sich nicht mehr strecken. Bei jedem Schritt drohe ich hinzufallen.

Von wegen Gesundheitsförderung. Ich fühle mich bei weitem nicht gesund. Und ich verfluche zum was-weiß-ich-wievieltem-Mal, dass ich mein Einverständnis zu diesem Höllentrip gegeben habe. Nutzt nichts. Schmerztabletten müssen her. Und selbstredend ein Arzttermin. Den vereinbare ich flugs und verschwinde nach dem Abendessen auf meinem Zimmer. Ich bemitleide mich. Rheuma, Arthrose, seelische Erschöpfung, krummer Rücken. Und dann auch noch diese blöde Klinik. Den Muckibudenzauber können die sich abschminken. Nicht mit mir. Wenn ich morgen nicht laufen kann, dann ist aber der Hund los. Und zwar ein tollwütiger Dobermann. Ich schlucke meine Schmerztabletten und lege mich ins Bett. Bald darauf bin ich eingeschlafen.

Tisch achtundzwanzig

Am nächsten Morgen will der Aufzug genauso wenig wie mein Knie und die übrigen Gelenke. Ich stehe vor dem Treppenhaus in der dritten Etage und kämpfe mit den Tränen. Ich will nach Hause. Sofort. Die Anstrengungen dort kenne ich. Mit denen kann ich umgehen. Das hier aber, ist mir alles zu viel. Eine Frau mit Rollator wankt an mir vorbei. Sie lacht mich an. Oder vielleicht auch aus. Was weiß ich. So ein Knopfgesicht. Was gibt es hier überhaupt zu lachen?

„Kommen Sie", ruft sie, „der Aufzug ist da."

Habe ich da etwa etwas übersehen?

„Es gibt auch noch einen zweiten Fahrstuhl. Immer den Flur entlang", erklärt sie mir. Während der Fahrt von der dritten Etage ins Erdgeschoss erfahre ich alles über ihre Krankheiten, ihre Vorlieben, ihre Abneigungen, ihr Leben. Meine Güte, wie sind doch manche Leute redselig.

Als ich den Speisesaal betrete, redet sie immer noch. Ich flüchte zum Tisch achtundzwanzig. Dort sitzen bereits die netten Frauen. Wie waren noch gleich ihre Namen? Ich kann mich einfach nicht erinnern. Irgendeine von ihnen hat auf einer Papierserviette die Tischordnung aufgemalt und den jeweiligen Plätzen die Namen zugewiesen.

Isa	Sabine	Rieke
Eugenie	Gundula	Irina

Frauen sind halt praktisch, denke ich und freue mich über den Spickzettel. Jetzt weiß ich auch, dass ich am Ankunftstag mit Rieke den Supermarkt gesucht und gefunden habe. Ich gehe zum Buffet und entscheide mich für den Salat aus frischem Obst und Walnüssen, Quark, ein Brötchen, Käse und Nutella. Ich habe Hunger. Wieder einmal. Sabine schenkt mir Kaffee ein. Diese Kannen sind mir zu schwer und sie hat es bemerkt, ohne ein Wort darüber zu verlieren. Ich bin ihr sehr dankbar und so langsam verfliegt meine Niedergeschlagenheit. Mich zusammenreißen zu müssen wäre auf die Dauer ziemlich anstrengend. Aber vielleicht muss ich das gar nicht. Nach dem Frühstück mache ich mich auf den Weg zur medizinischen Abteilung, melde mich bei den Krankenschwestern an und setze mich in das Wartezimmer. Das kann ja was werden. Hoffentlich werde ich hier nicht zur Dauerpatientin.

Ärzte

Die Terminvergabe klappt. Hier kommt man tatsächlich pünktlich dran und ich bin angenehm überrascht. Das kenne ich durchaus anders. Bei manchen Ärzten ist die Wartezeit so lang, dass man währenddessen locker ein paar Semester Medizin studieren könnte, um sich dann selbst zu behandeln. Aber hier nicht. Die Uhr schlägt neun und ein Mann in Jeans, kariertem Hemd und Turnschuhen steht in der Tür und holt mich ab. Wie ich später erfahren werde, handelt es sich um den Oberarzt Dr. Schröter. Er sieht gar nicht aus, wie ein Oberarzt. Allerdings – wie sehen Oberärzte eigentlich aus? Unerheblich. Er führt mich in sein Behandlungszimmer. Hinkend komme ich kaum hinterher, denn Dr. Schröter ist ein sehr großer Mann, mit sehr langen Beinen und noch längeren Schritten. Darüber hinaus hat er sehr wenige Haare. Seine Miene ist ausdruckslos. Ich kann ihn überhaupt nicht einschätzen. Ob er mir helfen kann? Ich bin gespannt. Nach den üblichen Floskeln, *Haben Sie sich schon eingelebt?* und *Wie gefällt es Ihnen?* die entscheidende Frage: „Was kann ich für Sie tun?"

„Mir helfen, damit ich wieder richtig laufen kann, dass ich keine Schmerzen mehr habe und ich mich überhaupt wieder besser fühle. Am liebsten resetten und neu starten."

Er schaut mich an, ohne das leiseste Anzeichen, ob er meinen – zugegebenermaßen – eigenen Humor verstanden hat.

„Dann ziehen Sie einmal Ihre Hose aus und legen sich auf die Liege." Ich muss grinsen. Das klingt schon fast unanständig. Aber ich verkneife mir eine Bemerkung, da ich mir nicht sicher bin, ob er überhaupt irgendwelche menschlichen Regungen empfindet. Vielleicht ist er ein Android? Meine Güte, ich habe wahrlich zu viele Science-Fiction-Filme gesehen. In dieser Hinsicht bin ich verdorben. Aber ich kann nichts dafür. Mein Mann ist schuld. Ich lasse also die Hosen herunter, lege mich auf die Pritsche und mein rechtes Knie ragt gen Zimmerdecke.

„Ich kann mein Bein nicht strecken", erkläre ich. Ohne ein Wort legt er seine beiden riesigen Hände auf mein Knie und drückt. Der Schmerz, der mir nun durch das Knie, das Bein, den ganzen Körper fährt, ist unbeschreiblich.

„Sind Sie wahnsinnig?" herrsche ich ihn an. Erschrocken lässt er von mir ab. Mühsam setze ich mich auf und reibe mein Knie. So ein Idiot. Ich halte mich allerdings mit wüsten Beschimpfungen zurück. Wer weiß, was ihm sonst noch so einfällt. Misstrauisch beobachte ich seine Pranken. Warum sagt er denn nichts? Ich hebe meinen Blick und schaue in ein Gesicht, dessen Ausdruck nicht dämlicher sein könnte. Die Fähigkeit, ein dummes Gesicht machen zu können, ist hier allem Anschein nach Einstellungsvoraussetzung. So verharren wir eine Weile und starren uns an. Dann wendet er sich ab, geht zur Tür und verlässt den Raum. Was soll das denn jetzt? Soll ich auch gehen? Allerdings fühle ich mich dazu nach dieser Attacke nicht in der Lage. Und überhaupt, man hätte mich sowieso recht schnell wieder eingefangen, so schlecht, wie ich zu Fuß bin. Also bleibe ich sitzen, massiere weiterhin sanft mein Knie und harre der Dinge, die da kommen mögen. Der Schmerz lässt glücklicherweise nach. Eine kurze Weile später öffnet sich wieder die Tür und ein – durch einen weißen Kittel erkennbar – weiterer Arzt, gefolgt von Dr. El Brutalo Schröter, betritt das Behandlungszimmer.

„Lieblich", sagt er und bietet mir seine Hand dar. Anscheinend meint er nicht mich, sondern stellt sich vor. Wäre ja auch etwas verwegen.

„Irina Schmitz", erwidere ich. Da Schmitz so ein Massenname ist, habe ich mir angewöhnt, immer meinen vollen Namen zu nennen.

„Weder verwandt noch verschwägert mit irgendeinem anderen Menschen namens Schmitz in dieser Klinik."

Weder der eine noch der andere Arzt verzieht eine Miene. Humorloses Volk. Nun macht sich Herr Dr. Lieblich an meinem Knie zu schaffen. Ich stelle mich rein vorsorglich auf die nächste Schmerzwelle ein. Und sie kommt. Nicht ganz so heftig, aber sie kommt. Dann tuscheln sie. Diskutieren miteinander. Ich werde vollkommen ignoriert. Sie scheinen ratlos. Schließlich wendet sich Dr. Lieblich an mich.

„Nun, für heute und auch das Wochenende ist Schonung angesagt. Bei den Schwestern bekommen Sie Schmerztabletten. Sollten die Beschwerden bis Montag andauern, kommen Sie noch einmal wieder. In diesem Fall sollten wir über eine Endoskopie nachdenken." Endoskopie? Ich fahre doch nicht in Reha, um mich dann in irgendeinem Krankenhaus behandeln zu lassen. Das können die sich abschminken. Nicht mit mir. Ich greife nach meiner Hose, ziehe mich an, verabschiede mich und humpele aus dem Raum. Draußen komme ich an einer Fotowand vorbei und entdecke Dr. Lieblich. Das war also der Chefarzt. Na, so etwas. Allerdings bin ich zu erschöpft, um mir über Kompetenzen, ob nun vorhanden oder nicht, Gedanken zu machen. Ich besorge mir bei den Krankenschwestern eine Großpackung Schmerzmittel. Damit ist man hier mehr als großzügig. Dann mache ich mich auf den Weg in die Cafeteria. Therapien fallen heute schließlich aus und ein Kaffee vor dem Mittagessen könnte mich moralisch wieder aufrichten.

Pussitussi

Die Sonne scheint. Es ist angenehm warm. Es gibt kein besseres Wetter um sich knieschonend mit einem Buch in den Garten zu begeben und dort eine geeignete Sonnenliege zu besetzen. Der kunstvoll arrangierte Springbrunnen plätschert vor sich hin und Johann, der ferngesteuerte Rasenmäher in Form eines schwarzen Sportwagens erledigt sehr geräuscharm seine Arbeit. Immer wieder döse ich ein. Ab und zu kommt eines meiner Mädels zwischen ihren Therapien zu mir in den Garten und leistet mir ein wenig Gesellschaft. Ich entspanne mich. Und erstaunlicherweise entspannt sich damit auch mein Knie. Eine komplette Streckung ist zwar immer noch nicht möglich, aber Ruhe und Sonne tun mir gut. In unmittelbarer Nähe haben sich zwei Frauen ebenfalls auf Sonnenliegen niedergelassen. Unfreiwillig, aber doch neugierig, verfolge ich ihr Gespräch.

„Heute Nachmittag gehe ich zu keiner Therapie mehr. Dazu ist viel zu schönes Wetter. Und außerdem bin ich Privatpatientin. Ich muss das nicht."
Hui, die scheint aber ziemlich hochnäsig zu sein.
„Recht hast du", entgegnet ihre Begleiterin. Ich wage einen Blick hinüber. Möglichst unauffällig soll es sein. Also recke und strecke ich mich genüsslich und drehe mich dann auf die Seite, so dass ich die

beiden im Blick habe. Und wenn es zu auffällig wird, schließe ich einfach meine Augen. Die beiden scheinen dem Typ Pussitussi anzugehören. Jeansshorts mit Glitzersteinchen, rosapinke Sonnentops, lange neonpinke Fingernägel, ebenfalls mit Glitzer verziert, blondierte zum Pferdeschwand gebundene Haare, dunkelbraune lederne Haut, die das Alter schwer schätzen lässt. Bei näherer Betrachtung entdecke ich Orangenhaut, Besenreiser und schlaffe Oberarme und stelle fest, dass es sich bei diesen Damen um mindestens Mittfünfziger in einer Aufmachung von Mittzwanzigern handeln muss. Ganz der Typ Frau, den ich nicht leiden mag.

„Heute Abend ist endlich mal wieder etwas los. Adamo kommt."

Adamo? Wer zum Henker ist Adamo?

„Ja, der ist wirklich super. Beim letzten Mal war tolle Stimmung. Schade nur, dass Berti und Ernst nicht mehr da sind. Mit denen hatten wir einen Mordsspaß."

Nochmal hui. Kurschatten. Jetzt wird es spannend. Oder auch nicht.

„Na ja, wir werden sehen. Es sind ja wieder ein paar neue Männer angekommen."

„Genau. Und an unserem letzten Freitagabend wollen wir es noch einmal so richtig krachen lassen."

Na, wenn ich eines weiß, dann ist es, dass ich an diesem Event nicht teilnehmen werde. Ich drehe mich wieder auf den Rücken und greife nach meinem Buch. Glücklicherweise verstummen die beiden, so dass ich in meiner Lektüre versinken kann.

Kurschattengewächse - Freitagsschwof I

Nach dem Abendessen soll es losgehen. Party von neunzehn Uhr fünfzehn bis einundzwanzig Uhr fünfzehn. Mit Alkohol. Wein und Bier soll es geben. Auffallend viele Patienten haben sich herausgeputzt. Wo man unter der Woche Trainingshosen, Birkenstocks und T-Shirts sieht, fallen an einem Freitag bereits beim Abendessen die Menschen in Bundfaltenhosen, Hemden, Kleidern auf. Eine freudige Anspannung liegt in der Luft, ein Knistern, ähnlich wie ein Blitz, der sich zu entladen droht. Da unterscheide ich mich von den übrigen Patienten. Denn ich erscheine grundsätzlich nicht in Trainingsklamotten zum Essen. Das wäre der Beginn der Verwahrlosung. Das mache ich nicht mit. Und den zweistündigen Schwof mit Adamo ebenfalls nicht. Da habe ich schließlich eine Entschuldigung: ärztlich angeordnete Schonung. Dem Himmel sei Dank. Die Mädels wollen schwimmen gehen, ich ziehe mich derweil zurück. Der Abend ist mild und ich entschließe mich, es mir auf dem Balkon gemütlich zu machen. Beine hochlegen und lesen. Sollen sie doch zu den Schlagerschnulzen von Adamo dem Alkohol zusprechen. Hier sind wirklich viele komische Leute. Leise dringen die Klänge zu mir, aber es stört mich nicht. Erstaunlicherweise. Eigentlich kann ich mich besonders gut auf störende Faktoren konzentrieren, und zwar so lange, bis ich entnervt die Flucht ergreife. Egal wohin. Heute Abend aber nicht. Dieser Ort scheint sich doch irgendwie positiv auf mein gestörtes Gleichgewicht auszuwirken. Ich greife nach meinem Buch und beginne zu lesen. Ein Kapitel schaffe ich bestimmt, bevor es dunkel wird. Und ohne es zu bemerken, werfe ich mich den hiesigen Mücken zum Fraß vor.

Als es zu dunkel zum Lesen ist, lege ich mein Buch zur Seite und lasse meinen Blick über Felder und Wälder schweifen. Adamo animiert in der Ferne immer noch zur Fröhlichkeit. Ich erhebe mich und trete an die Brüstung des Balkons. Mein Zimmer liegt rechts über dem Haupteingang, dort wo Blumenbeete den Zugangsweg säumen und in kurzen Abständen Bänke aufgestellt sind. Hinter einer dieser Bänke bewegt sich etwas. Ohne Brille kann ich nichts erkennen, außer diesen hellen runden Fleck, der sich auf und ab bewegt. Was ist das? Neugierig wie ich bin, gehe ich hinein, um meine Brille zu holen. Mist. Wo habe ich dieses blöde Ding schon wieder abgelegt? Endlich finde ich sie im Badezimmer auf der Ablage. Nebenbei stelle ich fest, dass hier auch mal wieder saubergemacht werden könnte. Flugs setze ich die Brille auf die Nase und trete wieder hinaus auf den Balkon. Gerade rechtzeitig um zu beobachten, wie sich jemand die Hose über sein Hinterteil zieht und eine Frau ihr Kleid richtet. Ich merke, wie sich mein Gesicht zu einem breiten Grinsen verzieht. Ich kann nichts dagegen machen. Leider kann ich trotz Sehhilfe die Gesichter der beiden nicht erkennen. Nur, dass die beiden recht korpulent sind. Sodom und Gomorrha in der Sonnenklinik. Zwei kopulierende Korpulente oder zwei korpulente Kopulierende. Ganz wie man es nimmt. Auf jeden Fall Kurschattengewächse im Blumenbeet vor der Klinik. Und ich bin Zeugin. Was für ein Spaß. Mittlerweile ist es vollends dunkel, das Schauspiel ist vorbei und ich beschließe, noch etwas fernzusehen, bevor ich mich zum Schlafen lege. Immer noch grinsend verlasse ich den Balkon.

Ermittlungen

Das erste Wochenende in der Klinik verbringe ich weitestgehend im Garten. Wer mag dieses Pärchen sein, das ich gestern Abend beobachten durfte? Ich mache mir einen Sport daraus, die Klinikpatienten zu beobachten, Körpermaße abzuschätzen und anhand bestimmter Verhaltensmuster Hinweise zu erhalten. Es scheint mir jedoch nicht so recht zu gelingen. Allerdings habe ich gerade erst die Ermittlungen aufgenommen und wie jeder weiß, arbeitet Miss Marple niemals erfolglos. Die Mädels vom Tisch achtundzwanzig haben Besuch von ihren Familien. Ich nicht. Das ist so abgesprochen. Kein Besuch. Hundertprozentige Auszeit für mich wurde verordnet. Von der Familie. Von mir selbst. Was für ein Blödsinn, denke ich. So ein bisschen Besuch wäre jetzt gar nicht schlecht. Denn auch bei Sonnenschein kann ein Wochenende hier sehr lang werden. Ganz besonders, wenn man sich nicht wegbewegen kann, weil ein Knie nicht mitspielt. Aus der Raucherecke am Ende des Gartens dringt Gelächter zu mir herüber. Na, die Raucher scheinen richtig Spaß zu haben. Auf Krücken oder mit Rollator pilgern sie in jeder freien Minute dorthin. Vielleicht sollte ich mir das auch einmal ansehen. Ich raffe also meinen Kram zusammen und hinke dem Gelächter entgegen. Als ich um die Ecke biege, bin ich wahrlich erstaunt. Sieht man von dem kalten Rauchgeruch einmal ab, ist es hier richtig gemütlich. Unter der Überdachung steht ein großer Tisch, um den vierzehn Gartenstühle mit fröhlich-bunten Polsterauflagen angeordnet sind. Auf dem Tisch stehen Aschenbecher und Teelichter, auf den Stühlen sitzen die Raucher. Ich werde freundlich, aber zurückhaltend begrüßt. Nachdem ich mich niedergelassen habe, wird mir auch schon eine Zigarette angeboten. Daran hatte ich gar nicht gedacht. Ohne Zigaretten die Raucherecke aufzusuchen muss sehr verdächtig anmuten. Ich ärgere mich. Miss Marple wäre das nicht passiert. Allenfalls Mister Stringer. Sei`s drum. Ich nehme dankend die Zigarette an und bin höchst erfreut, dass ich wenigstens ein Feuerzeug aus meiner Handtasche hervorzaubern kann. Nun bemühe ich mich äußerst gekonnt und lässig zu rauchen. Es scheint mir zu gelingen. Die Gruppe greift wieder ihr Gespräch auf und ich habe nun die Gelegenheit, die wollüstigen Verdächtigen zu sondieren. Ein großer korpulenter Mann in grauer Jogginghose, weißem T-Shirt und Badelatschen – nebenbei bemerkt ohne Socken, mit langen gelben Fußnägeln und Haarbüscheln auf den Zehen – ziehe ich in Betracht. Er gehört definitiv zu dem Kreis der Verdächtigen. Das weibliche Pendant vermag ich allerdings nicht ausfindig zu machen. Als die Zigarette zwischen meinen Fingern so weit verqualmt ist, dass ich sie im Aschenbecher entsorgen kann, erscheint sie. Meine Hauptverdächtige Nummer zwei. Korpulent, braune kurze Haare, graue Jogginghose, weißes T-Shirt, Badelatschen. Sie setzt sich sofort zu dem Typ in grauer Jogginghose. Ziemlich nah. Die beiden sehen wie Zwillinge aus. Zweieiig, aber Zwillinge. Sie befummeln im Gleichtakt gegenseitig ihre Knie und strahlen in die Runde. Ja, das müssen sie sein. Die Mondscheinkopulierer. Ich muss grinsen. Miss Marple hat den Fall gelöst. Bevor ich Aufsehen erregen kann, verabschiede ich mich und hinke zufrieden Richtung Cafeteria, um mit mir selbst bei Kaffee und Kuchen meinen Ermittlungserfolg zu feiern.

Rentnertreffen

In der Cafeteria ist eine Servicekraft ziemlich überlastet. Heute ist Waffeltag und das bedeutet, dass sie Waffeln backt. Logisch. Diese werden dann von ihr mit Eis, Sahne und Kirschen kombiniert, nebenbei verkauft sie Kuchen und Kaltgetränke und bedient die Patienten mit Krücken, die ihren Kuchenteller und ihre Kaffeetasse nicht selbst zu einem der Tische transportieren können. Trotz allem bleibt sie ruhig und freundlich und ich bewundere sie dafür. Glücklicherweise muss sie nicht auch noch den Kaffee ausgeben. Dafür gibt es einen Automaten, der, wird er mit Geld gefüttert, verschiedene Kaffeearten ausspuckt. Die Schlange an der Theke ist lang. Gäste der umliegenden Hotels haben hier das preiswerte Kaffeetrinken entdeckt und so hat die Klinik regelmäßig Besuch von außerhalb. Ganz besonders an den Waffeltagen. In der Schlange hinter mir wartet eine Dame, die aller Wahrscheinlichkeit nach bereits vor zwanzig Jahren das Rentenalter erreicht hat. Mindestens. Genau das stelle ich fest, als sie mir einen ihrer spitzen rosa lackierten Fingernägel in die Schulter bohrt und ich mich abrupt zu ihr umdrehe. Was fällt der denn ein? Ohne ein Wort zu sagen, schaue ich sie an. Dabei ziehe ich meine Augenbrauen zusammen und hoffe, dass dieser Blick abschreckend wirkt.

Wer mich derart tätlich angreift, muss mit einem bösen Blick rechnen. Selbstbewusst hält sie meinem Blick stand.

„Wird man hier denn nicht bedient?" fragt sie.

„Nö. Sie holen hier Ihren Kuchen und an dem Automaten können Sie sich einen Kaffee ziehen."

„Aber warum wird man denn hier nicht bedient?"

„Wie Sie sehen, holen sich hier alle ihren Kuchen und Kaffee an der Theke. Es gibt hier nur eine Servicekraft."

„Aber wir sind Gäste."

„Wir sind hier alle Gäste."

„Aber wir wohnen im Hotel."

„Dann sind Sie ja gesund und können sich ihren Kuchen selbst zum Platz tragen." So! Das konnte ich mir jetzt nicht verkneifen.

„Aber wir sind Gäste", jammert sie weiter. Ich reagiere nicht und kehre ihr wieder den Rücken zu. Das ist mir zu blöd.

„Gibt es hier auch Kaffee?" fragt sie weiter.

Ich zeige auf den Automaten auf der Theke. „Dort steht der Automat. Einfach Geld einwerfen und Kaffeeart auswählen. Tasse unter den Ausguss stellen, wäre auch nicht verkehrt."

„Aber warum werden wir denn nicht bedient? Wir sind doch Gäste."

Das darf jetzt nicht wahr sein. Was will diese Frau bloß von mir.

„Ich kann das alles gar nicht tragen. Wir sind doch zu viert." Sie zeigt auf einen Tisch am Fenster, an dem sich drei weitere ältere Damen in einheitlichem Beige niedergelassen haben. Aha, daher bläst das laue Lüftchen.

„Dann schlage ich vor, dass die anderen Ihnen beim Tragen helfen." Auch das konnte ich mir nicht verkneifen.

„Aber wir sind doch Gäste." Das ist definitiv zu viel. Glücklicherweise bin ich an der Reihe, so dass ich nicht mehr reagieren kann. Ich bestelle mir eine Waffel mit Eis und heißen Kirschen. Während der Zubereitung ziehe ich mir eine Tasse Kaffee, gehe dann zu einem Tisch und lasse mich dort auf einen der Stühle fallen. Natürlich so, dass ich das ganze Spiel mit den Gästen aus dem Hotel weiterhin verfolgen kann. Indem betritt Sabine die Cafeteria. Als sie mich sieht erstrahlt ihr Gesicht, als ob die Sonne aufgehen würde. Das tut mir gut. Sehr sogar.

„Ich hole mir schnell auch so etwas", ruft sie, zeigt auf meine Waffel und steht kurz darauf an der Theke. Ich bin gespannt, was sie zu dem Gäste-Quartett sagen wird. Als sie sich zu mir setzt, gebe ich ihr einen kurzen Abriss der Geschehnisse.

„Wie unverschämt ist das denn?" Sabine ist sichtlich empört.

„Sehr unverschämt. Und nun guck, die werden doch tatsächlich bedient. Das darf doch wohl nicht wahr sein." Ich bin fassungslos. Sabine ebenfalls.

„Na, hoffentlich ist wenigstens ein großzügiges Trinkgeld dabei herausgesprungen." Sabines Anmerkung schwebt durch die gesamte Cafeteria, die Servicekraft zuckt mit den Schultern und lächelt in unsere Richtung. Das arme Mädel weiß nicht, wo ihr der Kopf steht.

„Das wäre kein Job für mich. Ich könnte nicht so freundlich bleiben."

„Ich auch nicht", stimmt Sabine mir zu, „aber die Waffeln schmecken hervorragend."

Der Zwinkerer

Beim Abendessen beschließen wir, schwimmen zu gehen. Mein Knie beruhigt sich so langsam wieder und ich denke, dass ein wenig Bewegung im Wasser nur gut sein kann. Also sage ich zu. Ich wundere mich selbst über mich. Noch vor wenigen Tagen kam ich mit dem Vorsatz hierher, meine Ruhe haben zu wollen. Kontakt? Nein, danke. Aber die Mädels sind einfach allerliebst. Und ich habe das erste Mal seit vielen Jahren das Gefühl, dass sich auch einmal um mich gekümmert wird. Dass ich die volle Aufmerksamkeit erhalte. Ein Gefühl, bei dem mir das Herz aufgeht. Wie könnte ich da die Einladung ins klinikeigene Schwimmbad ablehnen? Ich gehe also auf mein Zimmer, ziehe meinen Badeanzug an, werfe mir den Bademantel über und schlüpfe in die Badelatschen, die ich mir eigens für diesen Aufenthalt gekauft habe. Auf, auf zum Bade. Als ich das Schwimmbad betrete, bleibt mir fast die Luft weg. Warm ist es hier. Sehr warm. Sofort fange ich an zu schwitzen. Schnell pelle ich mich aus dem Bademantel, dusche mich kurz ab und gehe ins Wasser. Ich bin die Erste. Aber das kenne ich schon. Ich bin praktisch immer die Erste. Ich hasse Unpünktlichkeit und so bin ich meistens vor der Zeit am verabredeten Ort. Im Wasser tummelt sich eine Gruppe aus der Raucherecke. Auch ohne

Brille entdecke ich sofort das Kurschattenpärchen. Sie spielen mit drei anderen eine spezielle Art Wasserball. Die Regeln vermag ich nicht zu erkennen. Ist mir aber auch egal. Ich schwimme. Das heißt, ich will schwimmen. Doch da trifft mich der Ball am Kopf. Wie gut, dass ich hier im Wasser stehen kann. Denn rein schwimmtechnisch bin ich seit ungefähr zwei Jahrzehnten aus der Übung. Der böse Blick muss wieder herhalten. Das habe ich heute bereits schon einmal praktiziert. Zwar wenig erfolgreich, aber dafür kann ich jetzt noch einmal üben. Ein schmaler weißhäutiger Typ kommt auf mich zu, nimmt den Ball und entschuldigt sich. Ich erwidere nichts. Warum auch? Ich nehme also nochmals die Schwimmposition ein und – bäm – mein Kopf muss auch einen zweiten Angriff des Balls aushalten. Jetzt reicht`s.

„Rücksichtnahme ist wohl ein Fremdwort", schimpfe ich. Der Schmalbrüstige schnappt sich erschrocken den Ball und entschuldigt sich wiederum. Nicht nur einmal. Nein, mindestens dreimal. Jetzt ist aber gut. Ich lasse ihn im Wasser stehen und schwimme – bildlich gesprochen – hochnäsig an ihm vorbei. Indem trudeln nach und nach die Mädels ein und die Wasserballgruppe beschließt, das Bad zu verlassen. Geht doch. Zufrieden schaue ich ihr hinterher. Das Kurschattenpärchen verschwindet in der Gemeinschaftsdusche, die übrigen drei nutzen die Einzelkabinen. Und der schmalbrüstige Ballwerfer zwinkert mir zu. Bevor er mit Badehose in der Dusche verschwindet und auch, als er ohne Badehose, dafür mit einem Lendenschurz aus einem Minihandtuch, aus der Dusche heraustritt. Was für ein Schwerenöter. Pech gehabt, mein Freund. Gegen so jemanden wie dich, bin ich absolut immun.

Autogenes Training

Das Knie hat sich über das Wochenende so weit regeneriert, dass ich auf einen weiteren Besuch des medizinischen Dienstes verzichte und meinen Therapieplan in Angriff nehme. Der Plan ist voll. Sehr voll sogar. Aber zunächst beginnt die neue Woche ganz entspannt mit autogenem Training. Ganz nach meinem Geschmack. Nichts Anstrengendes nach dem Frühstück. Ein Aspekt, der mich milde stimmt. Rieke und Sabine sind auch dabei. Gemeinsam suchen wir den Ruheraum und als wir ihn gefunden haben, lassen wir uns sofort auf den Liegen nieder. Rieke allerdings steht sofort wieder auf und versorgt uns mit Decken und Kissen, die sie in einem Regal in der Ecke des Raums entdeckt hat. Jetzt sind wir bereit. Kurz darauf betreten noch zwei weitere Patientinnen den Raum und besetzen die übrigen Liegen. Niemand spricht. Es herrscht eine Ruhe, die ich als sehr angenehm empfinde. Ich lasse meinen Blick schweifen. In der Mitte des Raums steht ein Baum, der bis zur Decke reicht. An einer Wand sind Holzscheite für den Kamin gestapelt. Doch einen Kamin kann ich nicht entdecken. Das Licht ist gedämmt. Ich fühle mich auf der Stelle wohl. Dann erscheint eine Frau in einem kurzen geblümten Sommerkleid und weißen Sandaletten. Sie begrüßt uns und stellt sich vor. Es ist

Frau Dr. Schwado, die Hauspsychologin, die ich in den folgenden Wochen noch öfter aufsuchen werde. Ich mag sie auf Anhieb. Ihr ruhiges und freundliches Wesen erfüllt den Raum mit Wärme und Geborgenheit. Ich weiß nicht genau, ob die anderen das ebenfalls empfinden, aber in dem Moment ist mir das völlig einerlei. Ich fühle mich wohl. Und das ist die Hauptsache. Seltsam. Wann habe ich mich das letzte Mal derart in den Vordergrund gestellt? Wir werden nach unseren Erfahrungen und Kenntnissen befragt, erhalten eine kurze Einweisung und schon geht es mit der ersten Übung los. Meeresrauschen vom Band erfüllt den Raum. Ich bilde mir ein, die salzige Meeresluft riechen zu können. Das klappt ja schon einmal hervorragend. Dann erfolgen die Anweisungen.

„Ich schließe meine Augen und entspanne mich. … Ich stelle mir vor, an einem Strand zu liegen und die wärmenden Sonnenstrahlen auf meiner Haut zu spüren. … Mein rechter Arm wird schwöööör … gaaaanz schwöööör …" Mein rechter Arm wird nicht schwer, da kribbelt etwas. Ich öffne vorsichtig ein Auge und linse in Richtung Ellbogen. Ha, da ist der Übeltäter. Eine Stubenfliege nutzt die Gelegenheit der vollkommenen Entspannung, um auf meinem Arm spazieren zu gehen. Ganz leicht bewege ich meinen Arm. Aber dieses Tierchen lässt sich davon nicht beeindrucken. Im Gegenteil, es bleibt sitzen und beginnt mit einer ausführlichen Wäsche. Also bewege ich den Arm etwas stärker, abrupter und die Fliege surrt davon.

„Jetzt wird auch mein linker Arm schwööör … gaaanz schwööör …" Was soll das denn jetzt? Mein rechter Arm ist doch noch gar nicht schwer geworden. Hallo, ich komme nicht mit. Mittlerweile ist die Fliege bei Sabine gelandet. Ich bemerke es an ihren zuckenden Armen und bin aus dem Takt. Weder der linke, noch der rechte Arm ist schwer und es kribbelt mich jetzt überall. An den Beinen melden sich die Mückenstiche und irgendwie scheint sich ein Haar auf meiner Nase niedergelassen zu haben. Mich juckt es. Fast überall. Ich greife an meine Nase, reibe mit der Hand über mein Gesicht, aber das Kribbeln lässt einfach nicht nach.

„Meine Arme werden warm … gaaanz warm …" Ja, aber nicht nur meine Arme werden warm. Mir wird durch und durch warm. Eher heiß. Ich beginne zu schwitzen. Dieses Kribbeln, Krabbeln und Jucken ist einfach unerträglich. Zu allem Unglück surrt jetzt auch noch die Fliege an meinem rechten Ohr vorbei. Also drehe ich den Kopf von rechts nach links und wieder zurück. So kann sie sich wenigstens nicht auf meinem Gesicht niederlassen. Dagegen habe ich nämlich etwas. Wer weiß, wo sie vorher gesessen hat. Ich bin da kleinlich.

„Langsam kehre ich zurück in die das Hier und Jetzt. Ich fühle mich gaaanz entspannt. Ich rääääcke und strääääcke mich bevor ich langsaaam die Augen öffne." Es ist vorbei. Ich folge den Anweisungen, öffne die Augen und richte mich dann langsam auf. Weder meine Mückenstiche jucken, noch kribbelt meine Nase und der Schweißausbruch ist auch vorüber. Selbst die Fliege ist verschwunden. Autogenes Training ist anstrengender als ich dachte.

Der Kampf mit der Nudel - Wassergymnastik I

Am Nachmittag, nachdem ich bereits Rückschule, Wirbelsäulengymnastik und – zu meinem Leidwesen – das Muckibudentraining hinter mich gebracht habe, freue ich mich auf die Wassergymnastik. Ich habe Glück. Denn ich darf in das große Becken. Gundulas Wassergymnastik findet ihren Worten nach in der Drei-Personen-Badewanne statt. Sie schimpft: „Mit zwei alten, fremden, dicken Männern soll ich in die Badewanne steigen und irgendwelche Verrenkungen machen. Denen fällt hier auch nichts Besseres ein." Wir ziehen sie auf. „Vergiss deine Quietsche-Ente nicht." Unwillig stapft sie davon. Sabine und ich freuen uns auf das Schwimmbad. Die Gruppe ist klein. Fünf Patienten inklusive meiner Person tummeln sich bereits im Wasser, als eine junge Therapeutin mit kurzen roten Haaren, in Jeans und einem T-Shirt mit der Aufschrift *Sonnenklinik* an den Beckenrand tritt. Sie hat eine Praktikantin mitgebracht, die sich bereits an dem schwimmbadeigenen Tonstudio zu schaffen macht und kurz darauf ertönt moderne Popmusik.

„Wir laufen im Kreis. Ihr dürft ruhig mit den Armen rudern." Also laufen wir im Kreis. Anfangs ist der Wasserwiderstand ziemlich hoch, aber mit der

Zeit haben wir im Becken eine Strudelwirkung erzeugt, so dass das Laufen im Kreis immer leichter wird. Langsam beginnt es mir Spaß zu machen, doch dann erfolgt die nächste Anweisung.

„Und jetzt laufen wir in die andere Richtung." Schon die Kehrtwende erfordert einige Mühe. Drei verlieren den Boden unter den Füßen und aus ist es mit gestylten Haaren. Die kleben jetzt triefend im Gesicht. Auch in meinem. Es dauert eine ganze Weile, bis wir wieder mit dem Wasser verschmelzen. Und dann ist die Lauferei im Wasser auch schon vorbei. Die Praktikantin wirft jedem von uns eine Pool-Nudel zu, die wir nun unter den rechten Fuß platzieren und immer wieder nach unten treten. Auf und ab. Auf und ab. Nach einer Weile folgt der Wechsel. Dasselbe jetzt also mit dem linken Fuß. Auf und ab. Auf und ab. Dann wird es spannend.

„Jetzt steigt ihr mit beiden Füßen auf die Nudel." Herrje, wieder landen einige mit dem Kopf unter Wasser. Aber ich dieses Mal nicht. Irgendwie macht mich das stolz.

„Beide Knie bis zum Bauch anziehen und dann die Nudel wieder abwärts drücken." Auf und ab. Auf und ab. Immer wieder schießt entweder eine rote, eine gelbe oder eine blaue Nudel aus dem Wasser. Ganz nach dem Motto: Wehe, wenn sie losgelassen werden. Dann die Nudel mit dem rechten Arm niederdrücken – auf und ab, auf und ab – dann mit dem linken Arm wiederholen – auf und ab, auf und ab – und wieder ein paar Runden durch das Becken laufen. Dieses Mal seitwärts links herum und seitwärts rechts herum, rückwärts und hüpfend und dann wieder die Nudel. Rittlings darauf setzen und Fahrrad fahren. Was für ein herrlicher Quatsch. Was für eine Anstrengung. Was für ein Spaß. In dieser halben Stunde lache ich viel. Sehr viel. Ich wusste gar nicht, dass ich das noch kann. Also lachen. So richtig herzhaft lachen. Und wir lachen immer noch, als wir aus dem Wasser steigen.

Du bist, was du isst

Für den Abend steht ein Vortrag zum Thema *Gesunde Ernährung* auf dem Plan. Eigentlich habe ich gar keine Lust dorthin zu gehen. Denn was gesund beziehungsweise nicht gesund ist, damit habe ich mich in meinem Leben ausreichend auseinander gesetzt. Aber die Vorträge und Seminare gehören ebenso zu der Reha-Maßnahme, wie alle übrigen Therapien. Was sein muss, muss sein. Schließlich bin ich nicht zum Spaß hier. Also betrete ich pünktlich um neunzehn Uhr zwanzig den großen Seminarraum und ergattere einen Platz in der ersten Reihe. Dort stehen nämlich die ergonomisch ausgereiften Stühle. Besonders gesund. Besonders bequem. Ich habe die freie Auswahl. Schließlich bin ich wieder einmal die Erste. Logisch. Nach und nach trudeln weitere Patienten ein, bis kein Platz mehr unbesetzt ist. Das Thema scheint äußerst wichtig zu sein. In Anbetracht der vielen übergewichtigen Menschen – oder besser gesagt Männer – ist das auch nicht verwunderlich. Denn gerade die Männer scheinen dem Essen in einer besonderen Weise zuzusprechen. Dann betritt die Ernährungsberaterin Magda Kohl den Raum. Mitte zwanzig, Konfektionsgröße sechsunddreißig, rosig-glänzende Gesichtsfarbe. Ich bin einmal gespannt, wie sich dieses Mädchen gegen schätzungsweise zwölf

Kerle im Alter zwischen fünfzig und sechzig mit einem Gesamtgewicht von über einer Tonne, durchsetzen wird. Sie beginnt ihren Vortrag und ich bin überrascht, wie fest und konsequent ihre Stimme klingt. Schließe ich die Augen, habe ich ein ganz anderes Frauenbild im Sinn: älter, strenger, kräftiger. Wie man sich doch täuschen kann. Die kleine Magda stellt nun acht Lebensmittelgruppen mit den dazugehörenden Portionsempfehlungen vor.

Getreide – vier Portionen täglich

Obst – zwei Portionen täglich

Gemüse – drei oder mehr Portionen täglich

Milchprodukte – drei Portionen täglich

Öle / Fette – zwei Portionen täglich

Fleisch – drei Portionen wöchentlich

Fisch – zwei Portionen wöchentlich

Eier – zwei Portionen wöchentlich

Aufschnitt – drei Portionen wöchentlich

Extra – eine Portion täglich

Die Reaktionen fallen recht unterschiedlich aus. Von *Da weiß ich gar nicht, warum ich so zugenommen habe* über *Ich esse eigentlich viel weniger. Das ist doch alles viel zu viel* bis hin zu *Was? Nur dreimal Aufschnitt in der Woche? Nur dreimal Fleisch? Das kann doch nicht gesund sein.* Jede Art der Empörung ist zu erkennen. Doch Magda Kohl lässt sich nicht beirren. Nein. Sie setzt dem Ganzen noch ein Krönchen auf.

„Meine Damen und Herren … bedenken Sie bitte die Portionsgrößen", ermahnt sie und legt eine Folie auf den Overheadprojektor. Im Saal herrscht blankes Entsetzen auf der einen und schadenfrohe Belustigung auf der anderen Seite. Zwanzig Gramm Salami, Fleischwurst, Leberwurst oder ähnliches soll eine Portion sein? Hundert Gramm Knoblauchwurst am Stück schneiden sich die Herren am Abend auf eine halbe Scheibe Brot. Damit liegen sie schon über dem Wochenbedarf. An einem Abend. Das kann nicht sein. Das ist Quatsch. So ein Blödsinn. Ja, zwei der korpulenten Herren verlassen kopfschüttelnd den Raum. So etwas müsse man sich nicht anhören. Das grenze bereits an einer Unverschämtheit. Doch Magda Kohl referiert ungestört weiter. Nichts, aber auch gar nichts, scheint sie aus dem Konzept zu bringen. Ich amüsiere mich. Skandal in der Klinik Sonnenschein. Am Ende des Vortrages erklingt ein verhaltener Applaus, Magda Kohl wünscht allen einen schönen Abend und verabschiedet sich in den Feierabend.

Sozialberatung

Der nächste Tag startet nach dem Frühstück mit einem Termin bei der Sozialberatung. Selbstverständlich soll jeder für den Arbeitsmarkt wieder hergestellt werden. Hier in der Klinik Sonnenschein. Schließlich muss bis zur Rente durchgehalten und fleißig in die diversen Staatskassen eingezahlt werden. Dafür lässt die Rentenversicherung gerne etwas springen. Von dem Geld, das jeder Erwerbsfähige bisher eingezahlt hat. Bei Erreichen des Rentenalters ist ein eventuell frühzeitiges Ableben aus Sicht der Sozialberatung, der Rentenversicherung, des Staates nicht unbedingt negativ zu bewerten. Da spart man dann die Ausgaben für eine Rehabilitationsmaßnahme wieder ein. Aber bis dahin … Damit dieser Umstand auch jedem klar wird, hat jeder Patient einen Termin bei der Sozialberatung in der Klinik. So auch ich. Habe ich doch noch gut fünfzehn Jahre Arbeitsleben vor mir und die gilt es durchzuhalten. Irgendwie. Danach ist alles egal. Ich betrete also das Büro der Sozialberaterin. Sie erinnert mich an meine Chefin, die mir nur bedingt sympathisch ist. Kein guter Start.
„Frau Schmitz, ich wundere mich ein wenig, warum Ihnen so schnell eine Rehabilitationsmaßnahme zugebilligt wurde. Sie waren schließlich vor Antritt der Maßnahme arbeitsfähig. Und in diesen Fällen

werden die Anträge grundsätzlich zunächst einmal abgelehnt."

„Arbeitsfähig ist wohl zu viel des Guten. Zumindest war ich nicht krankgeschrieben." Meine Antwort scheint ihr nicht zu gefallen.

„Nun, krankgeschrieben waren Sie im letzten Jahr häufiger."

„Dem kann ich nicht widersprechen." Ich spüre förmlich den Trotz in mir, wie er sich reckt und streckt und langsam aus seinem Schlaf erwacht.

„Ich muss gestehen, dass ich nicht weiß, was ich für Sie tun kann. Sie arbeiten in Teilzeit, haben einen Arbeitgeber, der für seine Großzügigkeit hinsichtlich präventiver Gesundheitsförderung bekannt ist, und Ihre Erkrankung als solches ist nicht unbedingt als prioritär behandelbar einzustufen." Ich bin sprachlos. Und das soll schon etwas heißen. In der Regel finde ich auf jeden Satz eine passende Antwort. Aber das hier ist eindeutig zu viel für mich.

„Wie ich sehe, haben Sie einen Grad der Behinderung von dreißig. Das halte ich für mehr als angemessen. Einen Neuantrag zu stellen, macht in Ihrem Fall keinen Sinn. Was denken Sie, was ich für Sie tun kann? Möchten Sie vielleicht eine Verlängerung?"

„Zunächst einmal: Ich bin teilzeitbeschäftigt, weil mein Mann aufgrund einer schweren Erkrankung, die ich Ihnen nicht nennen werde, weil es Sie nichts angeht, frühverrentet ist. Ich bin teilzeitbeschäftigt, weil ich mich um meine kranke Mutter kümmere und ich bin teilzeitbeschäftigt, weil ich selbst an einer chronischen Erkrankung leide. Wo ist die Sozialberatung, die einem zur Seite steht, wenn man kaum noch weiß, wie man sein Leben regeln soll, die Schmerzen überhand nehmen und man doch immer weiter macht, weil eben niemand da ist, der hilft. Wo ist dann die Sozialberatung, hm? Ach ja, man muss schließlich Kosten sparen. Und das funktioniert am besten, wenn man sich nicht in gut funktionierende Familienverhältnisse einmischt, nicht wahr?" Ich merke, wie ich mich in Rage rede. „Was Sie für mich tun können? Tauschen Sie mit mir. Zwei Wochen. Sie übernehmen meine Schmerzen, meine Verpflichtungen und ich berate wenig sozial die Patienten hier in der Klinik. Das kann ich auch. Bestimmt. Und dafür nähme ich auch eine Verlängerung." Mit diesen Worten er-hebe ich mich aus dem ergonomischen Stuhl, der auch nicht verhindern kann, dass mein rechtes Knie wegknickt, ich noch einmal zurückfalle und das Aufstehen ein zweites Mal in Angriff nehmen muss.

„Vielleicht sollten wir über einen höhenverstellba-ren Schreibtisch nachdenken", lenkt Frau (A)Sozialberaterin ein. Ich antworte nicht, hinke zur Tür, öffne sie und drehe mich noch einmal langsam zu ihr um.

„Ein höhenverstellbarer Tisch? Ehrlich. Sie haben keine Ahnung. Ich bin froh, wenn ich sitze. Wie dem auch sei. Ich wünsche Ihnen einen angenehmen Tag. Trotz allem." Dann verlasse ich das Büro, ohne die Tür hinter mir zu schließen. Ich habe einen Kloß im Hals. Tränen in den Augen. Es ist einfach nicht gut, wenn man sich öffnet. Ich fahre besser damit, wenn ich die Zähne zusammenbeiße und so weiter mache, wie bisher. Warum habe ich mich nur auf diesen Mist eingelassen? Warum? Wie gern wäre ich jetzt zu Hause. Bei meiner Familie. Bei meinen Aufgaben, bei meinen Pflichten. In meinem geordneten Leben. Strukturiert. Überschaubar. Ich gehe hinaus, zu der Bank, hinter der die Kurschattengewächse kopulierten, setze mich hin, massiere mein Knie und lasse meinen Tränen freien Lauf.

Rückenschule mit Frau Admiral

Niemand hat meine Tränen bemerkt. Wenigstens etwas. Es muss ja keiner sehen, welch eine Heulsuse ich bin. Und das in meinem Alter. Ich mache mich doch lächerlich. Ein Blick auf die Uhr verrät mir, dass es Zeit für den nächsten Therapietermin wird: Rückenschule. Heute vertretungsweise bei Frau Admiral. Ich kenne diese Dame nicht, ihr Ruf ist ihr allerdings schon vorausgeeilt. Angeblich macht sie ihrem Namen alle Ehre. Ich schlendere betont lässig zur Fitnessabteilung, wo sich der Gymnastikraum direkt neben der Muckibude befindet. Gerade als ich mich auf der Bank vor dem Raum niedergelassen habe, biegen Rieke und Sabine um die Ecke. Ich werde herzlich begrüßt. Das tut mir gut. Dennoch entgeht mir nicht, dass die beiden mich aufmerksam beobachten. Ob ich rote Augen habe? Ob man mir doch ansieht, dass ich – mal wieder – meine Tränen nicht hatte zurückhalten können? Ich versuche ein besonders fröhliches Gesicht zu machen. Ob es mir gelingt, vermag ich nicht zu beurteilen. Hier ist schließlich kein Spiegel. Ein Umstand, der wahrscheinlich auch besser ist.

Ein gebelltes *Los geht's* durchbricht meine Gedanken. Wir Mädels zwinkern uns zu. Sabine und ich stehen stramm, Rieke entfährt ein *Wuff*. Ich muss lachen. Und dann folgen wir Frau Admiral in den Gymnastikraum.

Frau Admiral ist eine nicht sonderlich große, stämmige Frau, schätzungsweise Mitte vierzig, mir kurzen blond gesträhnten Haaren. Während wir erwartungsvoll in der Runde stehen, holt sie sich einen Gymnastikball aus dem Regal und setzt sich darauf. Dann wandert ihr Blick von einem zum anderen. Wir sind insgesamt acht Patienten.

„Heute lernen wir das rückengerechte Aufstehen. Holt euch eine Matte." Das Wörtchen „Bitte" kennt sie nicht. Der Befehlston hat hier Vorrang. Also holen wir uns jeder eine Matte und suchen uns einen Platz im Raum.

„Jetzt hinlegen. Auf den Bauch." Wir legen uns hin. Mit dem Bauch auf die Matte. Frau Admiral sitzt auf ihrem Ball und schüttelt den Kopf. Ihr Gesichtsausdruck sagt uns, dass wir alles, aber auch wirklich alles, falsch gemacht haben.

„Aufstehen!" Wir stehen auf. Wieder Kopfschütteln.

„Kein Wunder, dass ihr Rückenprobleme habt. Was habt ihr eigentlich bisher gelernt?" Stille.

„Noch einmal. Auf die Hände stützen, auf die Knie und hinlegen." Ich versuche es. Möglichst schonend für mein rechtes Knie. Das muss ziemlich schräg aussehen. Wieder schüttelt Frau Admiral den Kopf.

„Jetzt aufstehen. Zuerst in den Vierfüßlerstand, dann auf die Füße und langsam aufrichten." Vierfüßlerstand? Nicht mit mir. Nicht mit meinem Knie. Nicht mit meinen kraftlosen und ebenfalls schmerzenden Handgelenken. Also erfinde ich meine eigene Kreation: Auf die Unterarme, nur auf das linke Knie stützend, irgendwie ächzend hochkommen. Ich schaffe es und bin stolz. Ob ich jedoch ein drittes Mal diese Prozedur überstehe, kann ich nicht abschätzen. Dann schrecke ich zusammen. Ich habe nicht bemerkt, dass Frau Admiral neben mir steht.

„Kannst du mir verraten, was du da machst?"

„Aufstehen", gebe ich zur Antwort.

„Und warum nicht so, wie ich gesagt habe?"

„Weil ich mich nicht auf das rechte Knie stützen kann."

„Und warum hast du dich nicht auf die Hände gestützt?"

„Weil ich mich nicht mit den Handgelenken abstützen kann."

„Dann musst du dich nicht wundern, wenn du irgendwann einmal den Rücken verdreht hast."

„Das kann ich sehr wohl vermeiden. Ich lege mich einfach nicht auf den Fußboden. Ich wüsste auch nicht warum." So! Das hat gesessen. Oder auch nicht. Frau Admiral funkelt mich an. Sagt jedoch nichts. Ich ahne einige Unannehmlichkeiten mit dieser Dame. Das hat mir gerade noch gefehlt. Die

Sammlung unangenehmer Begegnungen mit Menschen, die mir unsympathisch sind, wächst. Leider.

Wir üben noch ein paar Mal das Hinlegen und das Aufstehen aus der Bauch- und Rückenlage. *Wir* ist zu viel gesagt. Die anderen üben. Ich mache einfach nicht mehr mit. Das ist mir definitiv zu blöd. Also sitze ich auf meiner Matte und ruhe mich aus. Glücklicherweise sind diese zwanzig Minuten Therapie schnell vorüber. Dann räumen wir unsere Matten weg und verlassen den Raum.

Therapeutenpause

Mittagszeit. Ich gehe auf mein Zimmer und ziehe mich um. Nach dem Mittagessen habe ich noch eine gute Stunde Pause und danach findet ein Konfliktseminar bei Frau Sozialberaterin statt. Mir bleibt heute aber auch nichts erspart. Zum Mittagessen gibt es Rosenkohlcremesuppe, Linsenbrätling mit Kartoffeln und Salat, und zum Nachtisch Pudding. Bis auf den Pudding schmeckt mir nichts. Ich brauche Zucker. Mehr nicht. Die Mädels schieben mir bereitwillig ihre Dessertschalen zu und so besteht mein Mittagessen aus fünf Portionen Vanillepudding mit Kirschen. Eugenie isst ihren Pudding selbst. Aber mit Eugenie haben wir auch nicht so viel zu tun. Sie hat etwas von Fräulein Rottenmeier. Ich entspreche eher Klara, wenn ich bei den Geschichten um Heidi bleibe. Nach dem Essen trennen sich unsere Wege. Gundula und Isa wollen einkaufen. Rieke, die wahrscheinlich schon im Mutterleib sportlich war, und Sabine, die unbedingt abnehmen will, gehen zum Ausdauertraining und ich in den Garten. Physische und psychische Wunden lecken. Das habe ich vor. Doch als ich in den Garten trete, sind sämtliche Liegen nebeneinander aufgereiht und der Sonne zugewandt. Auf ihnen liegen, flegeln, räkeln sich die Therapeuten. Hin und wieder verschwindet einer von ihnen hinter der

Saunahütte, um zu rauchen. Auch das noch. Den Patienten ist es verboten, aber die Therapeuten brechen die Regeln. Das wird ja immer schöner. Mürrisch setze ich mich auf eine Bank und beobachte deren Treiben. Spätestens um dreizehn Uhr müssen sie verschwinden. Denn auf den Therapieplänen geht es um diese Uhrzeit weiter im Programm. Ich schaue auf meine Armbanduhr. Noch fünfzehn Minuten. Inmitten dieser Gruppe Jungvolk entdecke ich Frau Admiral. Die also auch. Ich wundere mich ein wenig darüber, dass sie vollkommen integriert zu sein scheint. Hätte ich nicht gedacht. Die jungen Damen von der Anmeldung sind auch dabei. Sie fallen direkt auf zwischen all den Trainingshosen, Shirts und Turnschuhen. Elegant in schmalen Röcken, Blusen und Pumps haben sie ihre perfekt geschminkten Gesichter der Sonne zugewandt. Ich frage mich, ob sich jetzt das Make-up in die Haut einbrennt. Dann hätten sie ein Permanent-Make-up. Bei dieser Vorstellung muss ich mich schütteln. Wer weiß, wie sie ungeschminkt aussehen. Diese Frage allerdings scheint sich der eine oder andere junge Mann nicht zu stellen. Es wird heftig geflirtet, gelacht, sich amüsiert. Auch wenn ich ein solches Verhalten am Arbeitsplatz nicht gutheißen kann, genieße ich es doch, die jungen Leute zu beobachten. Sie stecken voller Lebensfreude, Energie und Vitalität und ich frage mich, wann genau in den vergangenen Jahren mir diese Eigenschaften abhandengekommen sind. Als mir bewusst wurde, dass ich den falschen Beruf gewählt hatte? Als mein Mann krank wurde? Als meine Mutter aufgrund ihrer Rheumaerkrankung immer hilfebedürftiger wurde? Als auch bei mir Rheuma diagnostiziert wurde? Als ich merkte, dass ein Arbeitgeberwechsel in meiner Lebenssituation eine falsche Entscheidung wäre? Oder als mir bewusst wurde, dass ich kein eigenes Leben mehr führe? Ich kann mich nicht erinnern. Das ist traurig. Sehr traurig. Und wieder füllen sich meine Augen mit Tränen.

Langsam lichten sich die Sonnenliegen, so dass ich es mir endlich bequem machen und ein wenig schmökern kann. Die beste Medizin ist halt ein gutes Buch. Ich sichere mir eine Liege, lasse mich darauf nieder, schließe kurz die Augen und genieße die Sonne auf meiner Haut. Vielleicht sollte ich einfach so liegen bleiben. Dann beginne ich zu lesen.

Jedem Konflikt ein Seminar

Ich mache mich auf den Weg zum Büro von Frau Sozialberaterin. Bei ihr soll ich nun lernen, wie man mit Konflikten umgeht. Bisher bin ich, wie ich finde, sehr gut durch mein Leben gekommen. Konflikte sind nie ein großes Problem für mich gewesen. Meistens kann ich mich bestens zur Wehr setzen. Nun bin ich gespannt, was mich in den nächsten zwei Stunden erwartet. Wir sind eine Gruppe von fünf Patientinnen. Seltsamerweise findet man selten Männer in solchen Seminaren. Meiner Vermutung nach scheint die männliche Spezies kein nennenswertes Problem mit Konflikten zu haben. Warum auch immer. Zunächst erhalten wir eine theoretische Einweisung über gesendete Signale und empfangene Interpretationen. Nichts Neues. Für mich. Ich lernte bereits als Schülerin im Deutsch-Leistungskurs wie die unterschiedlichsten Befindlichkeiten durch falsch beziehungsweise anders gedeuteter Signale beim Empfänger hervorgerufen werden können. Im Psychologiekurs wurde das Thema dann vertieft. Wir lernen also, wie sich Ärger immer weiter steigern kann. Hochschaukeln, nennt man das umgangssprachlich. Eine Patientin ist mit den theoretischen Erklärungen überfordert. Ständig verlangt sie nach Praxisbeispielen, in dem sie in epischer Breite Anekdoten aus ihrem Privat-

und Berufsleben schildert und danach Lösungen einfordert. Meiner Meinung nach eine klassische Situation, um Konflikte entstehen zu lassen. Nur dass der Empfänger hier nichts falsch interpretiert, sondern einfach nur genervt ist. Punkt. Aber ich halte mich zurück. Schließlich bin ich ein friedliebender Mensch. Meistens. Manchmal. Frau Sozialberaterin vertritt die Meinung, dass Mitarbeiter ihren Chefs gegenüber nahezu hilflos ausgeliefert sind. Man könne sich heutzutage nicht mehr erlauben, Widerworte zu geben. Auch dann nicht, wenn ein kooperativer Führungsstil propagiert würde. Darüber hinaus sei es hilfreich, sich in sein Gegenüber zu versetzen. Ob nun Chef oder sonst wer. Nun, ihre Wortwahl weicht etwas von meiner ab, aber den Kern der Aussage habe ich verstanden. Ich muss in mich gehen. Wenn dem so ist, muss Frau Sozialberaterin allerdings noch lernen, sich in andere hineinzuversetzen. Es sei denn, sie will es gar nicht. Zumindest nicht immer. So wie ich. Vielleicht mag sie den Konflikt. Wie dem auch sei. Was interessiert mich diese Frau? Und – was interessieren mich die Probleme dieser mitleidheischenden Patientin in diesem Seminar? Ich schalte ab. Das heißt, ich will abschalten. Geht aber nicht. Frau Sozialberaterin stellt Fragen. Und zwar nicht nur in die Runde, nein, sie spricht einzelne Teilnehmer direkt an. So auch mich. Was soll das jetzt?

„Wie verhalten Sie sich, wenn Sie Ihrem Chef über Ihre Arbeitsergebnisse berichten wollen, bei ihm im Büro sitzen und er immer wieder telefoniert? Sie fühlen sich missachtet. Dürfen Sie ihm das sagen?" Kollektives Schweigen.

„Frau Schmitz …" Frau Sozialberaterin schaut mich herausfordernd an.

„Natürlich darf ich etwas sagen." Ich höre, wie die mitleidheischende Patientin scharf die Luft einsaugt und dann das Ausatmen vergisst.

„Natürlich dürfen Sie das nicht. Wie würde sich denn Ihr Chef fühlen, wenn Sie ihm in seinem eigenen Büro Vorhaltungen machen?" Frau Sozialberaterin ist empört. Wahrscheinlich habe ich nun mindestens drei weitere Minuspunkte erwirtschaftet.

„Ich mache keine Vorhaltungen. Ich frage lediglich, ob ich vielleicht zu einem späteren Zeitpunkt zu ihm kommen soll, da er ja derzeit viele andere wichtige Dinge zu erledigen hat." So! Das zum Thema Kommunikation. Zuhören ist manchmal doch nicht so einfach.

Stille.

„Nun ja, das kann man sagen", gibt sie zögernd zu.

„Sehen Sie." Ich triumphiere.

Im Folgenden werde ich nicht mehr behelligt. Halbherzig folge ich den Diskussionen über Konflikte, Mobbing und den dazugehörenden gesundheitlichen Auswirkungen, wie Rückenprobleme,

Verspannungen, Schwächung des Immunsystems, Steigerung des Suchtpotentials und so weiter und so weiter. Einigermaßen zufrieden verlasse ich nach zwei Stunden das Seminar. Ich habe auf jeden Fall etwas gelernt: Ich kann mich wehren, ich kann mich behaupten, ich kann mich organisieren. Und das Wichtigste: Ich konnte es auch schon, bevor ich dieses Seminar besucht habe. Und weil ich so organisiert bin, entschließe ich mich, einen Blick in mein Postfach zu werfen. Schließlich muss ich immer auf dem Laufenden sein. Insgeheim hoffe ich jedoch, dass irgendeine Therapie ausfällt. Und tatsächlich. In meinem Postfach entdecke ich einen Umschlag, den ich sofort herausfische, öffne und lese.

Gerne bewilligen wir Ihnen eine Verlängerung Ihrer Rehabilitationsmaßnahme bis zum 30.08.2017 (Abreisetag).
Mit freundlichen Grüßen
Dr. Lieblich

Da hat Frau Sozialberaterin aber ein schlechtes Gewissen. Unschlüssig stehe ich da, mit dem Zettel in der Hand und weiß nicht, ob ich mich über diese Mitteilung freuen soll. Auf jeden Fall habe ich wieder etwas zu organisieren. Nur gut, dass ich mich von vornherein auf diese Situation eingestellt habe.

Raucherbank und Hundekacke

Nach dem Abendessen – Reibekuchen stimmen uns so richtig euphorisch – ziehen wir uns zurück, verlassen das Klinikgelände, um etwa fünfzig Meter weiter eine Bank aufzusuchen. Die Raucherbank. Wer sie so getauft hat, weiß ich nicht. Aber sie macht ihrem Namen alle Ehre. Denn sie wurde mit einem eigenen Aschenbecher ausgestattet. Nun, Aschenbecher ist vielleicht etwas übertrieben. Ein ausrangierter Blumenkübel wurde neben die Bank platziert, damit Kippen nicht in der Landschaft, sondern im Kübel landen. Umweltbewusst wie wir nun einmal sind, sammeln wir sogar bereitwillig die Kippen der Umweltsünder auf, um sie im Kübel zu entsorgen. Den abendlichen Aufenthalt auf beziehungsweise an dieser Bank haben wir uns mittlerweile zum Ritual gemacht. Gundula und Rieke, die beiden, die sich am besten bewegen können, setzen sich dann auf den Weg vor die Bank, Sabine, Isa und ich nehmen auf ihr Platz. Meistens wird Bier oder Wein aus dem einen oder anderen Rucksack gezogen. Und Zigaretten. Natürlich Zigaretten. Es ist ja schließlich eine Raucherbank. Eigentlich raucht niemand von uns. Aber hier schon. Ich auch. Was bin ich doch für ein Rebell. Ein Rebell mit schlechtem Gewissen. Das jedoch immer schwächer wird, je länger ich hier bin.

Wir haben Spaß, berichten von unseren Therapie- erlebnissen, spielen Wortfindungsspiele, Kombina- tionsrätsel, Berufe-Raten und was uns sonst noch so einfällt. Wir lästern über Ärzte, Therapeuten, Mitpatienten und besonders gerne über den Junior- chef. Ein schnöseliger Mittdreißiger, arrogant und so ganz anders, als sein Vater, der kaum von einem Hausmeister zu unterscheiden ist, immer freund- lich, immer hilfsbereit. Wir planen die Abende, die nächsten Tage, sammeln Ideen für Unternehmun- gen. Eigentlich ist es nicht nur eine Raucher-, son- dern auch eine Ideen-, Spiel- und Kreativbank. Sollte sich zufälligerweise jemand anderes dort nie- derlassen, wird er indirekt vertrieben, indem wir uns dazu setzen, uns breit machen und besonders viel Spaß haben. Eindringlinge verschwinden dann in der Regel recht schnell. Hier werden Probleme besprochen, Tränen getrocknet, es wird aufge- muntert und in den Arm genommen.

Wir machen uns also auf den Weg zu unserer Bank. Noch zwanzig Meter trennen uns von ihr, als wir einen Gassigänger mit einem Labrador an der Leine beobachten, wie er einen schwarzen Müllbeutel in unserem Aschenbecher entsorgt. Das. Geht. Gar. Nicht. Wir schauen uns kurz an und laufen laut rufend los. Gundula und Rieke voerneweg, Isa, Sabine und ich hinkend hinterher.

„Hallo. Hallooo." Der Typ dreht sich zu uns um. Sein Gesichtsausdruck wechselt von amüsiert und erstaunt zu nahezu ängstlich und abwehrend. Wir umkreisen ihn. Dem Labrador scheint es zu gefallen. Er wedelt mit dem Schwanz und begrüßt uns. Das macht sein Herrchen nicht. Also uns begrüßen. „Sie können nicht einfach die Hundekacke hier entsorgen. Das ist nämlich ein Aschenbecher." Isa belehrt ihn. Es fehlt nur noch, dass sie mahnend den Zeigefinger hebt.

„Wo steht das?" Oho, der Herr fühlt sich angegriffen.

„Das muss da nicht stehen. Das sieht man. Wenn man will." Ich baue mich mit meiner gesamten Körperlänge von einhundertneunundfünfzig Zentimetern vor ihm auf. Des Labradors Blick wandert zwischen mir und seinem Herrn hin und her. Er scheint verwirrt und kann die Situation nicht so richtig einschätzen.

„Was geht es Sie an?" herrscht Herrchen mich an.

„Sehr viel. Wir halten hier nämlich Ordnung." Sabine hebt jetzt tatsächlich den Zeigefinder. Rieke tätschelt derweil den Hund, der sichtlich hoch erfreut darüber ist.

„Sehen Sie lieber zu, dass Sie Ihre Therapien machen und wieder klar im Kopf werden, anstatt Spaziergänger zu belästigen." Mit diesen Worten dreht er sich um, zerrt so feste an der Leine, dass der arme Hund erschrocken aufjault und den bis dahin wedelnden Schwanz zwischen seine Hinterläufe klemmt.

„Hey, Sie Tierquäler", ruft Gundula empört hinter ihm her. Doch der Typ lässt sich nicht weiter auf Diskussionen mit uns ein und setzt seinen Weg fort. Also greift Gundula in den Blumentopf, holt den Kackbeutel hervor und schleudert ihn dem Hundebesitzer hinterher. Sie trifft ihn sogar. An der rechten Wade. Der Typ strauchelt und tritt rückwärts mit dem rechten Fuß auf den Beutel. Und der platzt. Nun steht der Kackbeutelentsorger in dem großen Geschäft seines Haustiers. Der Hosensaum ist bespritzt, um den Absatz seines Schuhs drapiert sich die Hundewurst. Der Labrador begutachtet schnüffelnd das Malheur und freut sich noch mehr.

„Und räumen Sie den Dreck da weg." Gundula ist in Fahrt. Mit High-Five beglückwünschen wir uns. Der legt sich nicht mehr mit uns an. Der nicht. Wir sind wahre Heldinnen.

Wir feiern unseren Erfolg mit einem Becher Rotwein und für den nächsten Morgen verabreden Rieke, Isa und ich, für ein besonderes Frühstück Croissants und Vollkornbrötchen beim Bäcker zu besorgen.

Morgenspaziergang und schlechte Laune

Eine zarte Melodie erklingt und ich weiß zunächst nicht, ob sie zu meinem Traum, an den ich mich nicht erinnere, oder zur Wirklichkeit gehört. Ich bin orientierungslos und es fällt mir schwer, meine Augen zu öffnen. Noch schwerer fällt es mir, nach meinem Handy zu greifen und die verdammte Weckfunktion auszuschalten. Es ist Samstagmorgen, fünf nach sechs. Was habe ich mir nur dabei gedacht? Croissants und Vollkornbrötchen vom Bäcker. Blödsinn. Das Frühstücksbuffet hier in der Klinik ist vielfältig genug. Was soll das also? Endlich, endlich habe ich einmal gut geschlafen, bin nicht mitten in der Nacht wach gewesen, muss nicht um sieben Uhr am Frühstückstisch sitzen und dann so etwas. Mit geschlossenen Augen tapse ich aufs Klo, spritze mir dann eine Ladung kaltes Wasser ins Gesicht, was mich jedoch nicht wacher macht. Ich setze mich auf mein Bett und versuche meine Lebensgeister dazu zu bringen, mich halbwegs ausgeschlafen zu verhalten. Vergebens. Ich quäle mich in meinen schwarzen Jogginganzug, ziehe mir die Kapuze tief ins Gesicht und mache mich auf den Weg zum Eingang, wo ich mich mit Rieke und Isa um halb sieben zum morgendlichen Spaziergang treffen werde.

Natürlich bin ich wieder die Erste. Ich lasse mich auf das Sofa im Eingangsbereich fallen und schließe meine bis dahin eh nur zu schmalen Schlitzen geöffneten Augen. Nur nicht wieder einschlafen. Doch je häufiger ich mir das sage, desto größer wird die Gefahr, dass genau das passiert. Ich brauche unbedingt Kaffee. Und etwas zu essen. Denn Hunger habe ich auch schon wieder. Trotz Müdigkeit. So bin ich. Essen kann ich immer.

„Guten Morgen." Das klingt sehr fröhlich. Zu fröhlich für mich. Rieke und Isa, deren Zimmer sich auf der ersten Etage befinden, kommen gemeinsam auf mich zu. Ich brumme. Zu mehr bin ich nicht im Stande. Ich kämpfe mich aus dem Sofa und folge den beiden nach draußen. Die beiden schnattern, lachen und ulken. Ich nicht. Ich halte Abstand und trotte hinterher, den Blick stur auf meine Füße gerichtet. Die Luft ist feucht und kühl, das Dorf wie ausgestorben. Das wundert mich nicht. Schließlich entspricht diese Wetter-und-Dorf-Stimmung meiner Laune. Beim Bäcker kann ich mich nicht dazu entschließen, irgendetwas zu kaufen. Aber auf dem Rückweg erwache ich langsam zum Leben. Ich rede zwar immer noch nicht, doch ich schließe auf und trotte nicht mehr hinter den beiden Mädels her. Kurz bevor wir die Klinik erreichen, ist es Rieke, die es wagt, mich anzusprechen.

„Geht es besser?", fragt sie.

„Ich war noch so müde. Endlich habe ich einmal durchgeschlafen und dann musste ich aufstehen."

„Du musstest doch nicht mitgehen. Du hättest einfach liegen bleiben sollen."

„Aber ich hatte doch zugesagt, dass ich mitgehe. Dann kann ich doch nicht einfach wegbleiben."

„Natürlich kannst du das. Du darfst ruhig mal deine Meinung ändern, absagen und an dich denken. Regeln brechen ist gar nicht so schlimm. Wir wären dir nicht böse gewesen. Auf keinen Fall."

Erstaunt wandert mein Blick von Rieke zu Isa, die zustimmend nickt: „Ich hätte abgesagt", bekräftigt sie Riekes Worte.

„Na, dann will ich mal Regeln brechen und heute ungeduscht und im Jogginganzug zum Frühstück gehen. Ich habe nämlich Hunger."

„Was bist du doch für ein Rebell", ruft Isa lachend und irgendwie ist meine schlechte Laune irgendwo auf dem Spaziergang verloren gegangen.

Laternenfest

Den ganzen Tag über herrscht eine spannungsgeladene Vorfreude in der Klinik. Denn am Abend findet im Kurpark das jährliche Dorffest, das Laternenfest, statt. Bereits am Tag pilgern viele Patienten dorthin, um auszukundschaften, was ihnen am Abend geboten wird. So wissen wir bereits am Nachmittag von verschiedenen Verkaufs- und Fressbuden, Wein-, Bier- und Cocktailständen, einer großen Tanzfläche und einen mit bunten Laternen geschmückten Kurpark. Wir dürfen also gespannt sein. Als Höhepunkt soll es ein Feuerwerk geben. Da es bekanntermaßen im August eher später dunkel wird, erhalten alle Klinikgäste eine Stunde länger Ausgang. Also ist am heutigen Abend eine halbe Stunde vor Mitternacht Einschluss. Es amüsiert mich, dass sich erwachsene Menschen über diese zusätzliche Stunde Freiheit wie kleine Kinder freuen können. Und ich bekomme eine leise Ahnung davon, wie es Gefängnisinsassen gehen muss, wenn sie Freigang erhalten.

Nach dem Abendessen ist es so weit. Wir machen uns auf den Weg zum Kurpark. Ein Dorf wie Bad Ungerhol stößt so rein besuchertechnisch an solch einem Abend fast an seine Grenzen. Alles auf zwei Beinen, aus dem Ort und wahrscheinlich auch aus sämtlichen Dörfern der Umgebung, ist zugegen. Die Dorfjugend braust auf Fahrrädern oder gar frisierten Mofas herbei, die älteren Herrschaften peilen nach einem Spaziergang die Würstchen-, Waffel-, Spanferkel-, Pommes-, Crêpe-Buden an, um sich zu stärken und eine deftige Grundlage für alkoholische Getränke zu schaffen. Der Dorf-Disc-Jockey sorgt für musikalische Unterhaltung. Vorzugsweise Schlager- und Countrymusik. Doch zu vorgerückter Stunde ändert sich allerdings die Musik in eine modernere Richtung. Aber vielleicht hat auch nur der Disc-Jockey gewechselt. Ich weiß es nicht. Wir steuern also – sehr zur Freude von Sabine – den Cocktailstand an. Mojitos werden bestellt. Ich klammere mich an den Stehtisch. Mein Knie macht mir wieder einmal zu schaffen und in der Gegend herumstehen geht eigentlich gar nicht. Wir amüsieren uns, beobachten die Menschen um uns herum. Hin und wieder tauchen Reha-Kollegen auf und es wird sich gegenseitig fotografiert. Gruppenfotos sind angesagt. Sehr sogar. Dann schlendern Eugenie und ihr Mann, der dieses Wochenende als Gast in der Klinik verweilt, fast an uns vorüber, bleiben aber stehen, als sie uns entdecken. Wir stoßen miteinander an. Eugenies Mann ist ein sehr ruhiger Geselle mit – wie mir scheint – einer Vorliebe für Schnaps. Soll er haben. Aber mehr als zwei Schnäpschen sind ihm nicht vergönnt. Da passt Eugenie auf. Da spricht sie deutliche Worte.

„Mehr solltest du nicht trinken. Du weißt, dass ich das nicht mag." Der Gatte antwortet nicht. Aber er gehorcht. Gut dressiert, denke ich und muss grinsen. Dann ziehen die beiden weiter, worüber wir nicht gerade traurig sind. Eugenie hat sich schon mehrmals als richtige Spaßbremse erwiesen.

Nach der zweiten Runde Mojitos wechseln wir zu Sex on the beach, verlassen den Stehtisch und nähern uns der Tanzfläche. Dort stehen wenigstens ein paar Bänke. Wir haben Glück und ergattern eine von ihnen. Endlich darf ich mich setzen. Wir beobachten das Treiben und haben Spaß, ohne dass wirklich etwas Aufregendes passiert. Aber dieses Gefühl, am Leben teilzuhaben, ist in diesem Moment übermächtig. Während Rieke, Isa, Sabine und Gundula sich auf der Tanzfläche austoben, bewache ich Handtaschen, Jacken, Getränke auf unserer Bank und gebe mich einem Glücksgefühl hin, welches schon fast in Vergessenheit geraten war. Indem ich auf dieser Bank sitze, empfinde ich eine tiefe Dankbarkeit. Was für außerordentliche Frauen, was für ein bemerkenswerter Abend, was für ein tolles Leben.

Rieke kommt lachend auf mich zu und lässt sich erschöpft neben mich auf die Bank fallen.

„Morgen brauchen wir tonnenweise Schmerzmittel. Egal. Nun, los. Geh auch einmal tanzen", fordert sie mich auf. Ich umarme sie und gehe auf die Tanzfläche. Alles tut mir weh, ich bin ganz schnell außer Atem, so untrainiert, wie ich bin. Aber ich tanze. Und tanze. Und tanze. Ich spüre, wie ich mit der Musik verschmelze und das Leben in mir erwacht. Was doch ein Dorffest so alles auslösen kann.

Bis zum Feuerwerk allerdings halte ich nicht durch. Also verabschiede ich mich und überlasse den Mädels das Schauspiel. Zugegebenermaßen mag ich Raketen und Böller nicht. Ja, ich habe sogar ein wenig Angst davor. Deshalb ist es mir ganz recht, vor diesem Spektakel zur Klinik zurück zu humpeln und mich dort in Sicherheit zu wissen. Endlich in meinem Zimmer angekommen, trete ich auf den Balkon. Gerade noch rechtzeitig, um das Feuerwerk sozusagen von der Loge aus zu beobachten. Und wiederum werfe ich mich unbemerkt den hiesigen Mücken zum Fraß vor.

Kur-Urlaub-Gäste

Am nächsten Tag haben die Mädels ihren sonntäglichen Besuch ihrer Familien. Doch dieses Mal stört es mich nicht. Im Gegenteil. Die Sonne strahlt von einem blauen, wolkenlosen Himmel und ich freue mich auf einen Tag, an dem ich nur das tun kann, was mir gefällt. Und dazu gehört eindeutig ein Sonnenbad im Klinikgarten. Also packe ich Sonnencreme, Handtuch, Handy, etwas Kleingeld, eine Wasserflasche, meinen Schmöker und meine Sonnenbrille zusammen und mache mich in kurzer Hose und Sonnentop auf den Weg in den Garten. Was für ein herrlicher Tag. Im Garten habe ich eine freie Auswahl an Liegen. Denn ich bin alleine. Nur aus der Raucherecke dringen leise Stimmen und ein gedämpftes Lachen zu mir herüber. Ob da die Kurschattengewächse miteinander turteln? Für einen kurzen Moment bin ich geneigt, nachzusehen. Doch diesen Gedanken verwerfe ich recht schnell. Denn so richtig interessieren tut es mich nicht. Nicht mehr. Sollen sie doch machen, was sie wollen. Auf einer Liege neben dem Springbrunnen breite ich mein Handtuch aus und lasse mich darauf nieder. Ich schließe die Augen und genieße die Wärme der Sonne, das Streicheln des leichten Sommerwindes und das Plätschern des Brunnens. Wunderbar. So döse ich vor mich hin und schaffe es tatsächlich, an nichts zu denken. Zumindest an nichts Besonderes. Ich fühle mich frei und unbeschwert. Bis auf das Pochen im rechten Knie und im linken Handgelenk. Aber das ignoriere ich geflissentlich. Was ich allerdings nicht ignorieren kann, sind ein Quietschen und ein Poltern, immer näher kommend, immer lauter werdend. Ich öffne die Augen und drehe mein Gesicht dem Geräusch zu. Eine ältere, nein, eine alte, eine sehr alte Dame schiebt einen ebenso alten Rollator vor sich her. Eine Ölung wäre hier erforderlich. Also für den Rollator. Selbstredend. Sie brabbelt unentwegt vor sich hin. Dann bleibt sie stehen und schaut sich um. Ich vermute, dass sie nicht weiß, für welche von den etwa dreißig freien Liegen sie sich entscheiden soll. Sie schaut zu mir herüber. Schnell schließe ich meine Augen. Mir ist wahrlich nicht nach einem Gespräch. Das Quietschen und Poltern kommt näher, dann bricht es ab und ein gestöhntes „Au, Aua, Au" folgt. Ich halte meine Augen fest geschlossen. Wieder ein „Au, Aua, Au" und dann erklingen verschiedene Wähltöne. Aha. Jetzt wird also telefoniert.

„Marlis? Bis du das? ... Ich hatte eben schon einmal angerufen. Da hast du dich aber nicht gemeldet. ... Ja, ist schön hier. ... Ich liege jetzt im Garten. Wann kommst du mich denn besuchen? ... Erst übermorgen? Aber ich brauche noch meinen speziellen Kamm, du weißt schon. Und die Creme aus dem Badezimmer ... und dann könntest du mir noch Strümpfe mitbringen. Ich habe nämlich kalte Füße."

Sie hat also kalte Füße. An einem Tag, der mit Sicherheit, die Dreißig-Grad-Marke knacken wird.

„Ja, Marlis. Dann telefonieren wir noch einmal."

Ende. Gut. Dann ist wohl endlich wieder Ruhe. Es folgt wiederum ein „Au, Aua, Au" und dann höre ich wieder diese Piepstöne, die mir verraten, dass Madame erneut eine Nummer auf ihrem Handy eingibt.

„Marlis? Bist du das? Ich bin das nochmal. Was machen eigentlich die Kinder? ... Ich liege immer noch im Garten. Ist schön hier. ... Ja, bis später."

Jetzt bin ich einmal gespannt, wie es weiter geht. Während ich noch darüber nachdenke, was als Nächstes folgen könnte, wieder die Piepstöne.

„Warum geht sie denn jetzt nicht ans Telefon. Ich habe doch gerade mit ihr telefoniert", schimpft sie.

Wahrscheinlich hat Marlis keine Lust mehr mit Madame zu sprechen. Ich muss grinsen. Wieder Piepstöne.

„Marlis? Bist du das? Warum gehst du denn nicht ans Telefon? ... Ja, jetzt. Aber eben nicht. ... Ja, dann telefonieren wir später noch einmal."

Ich frage mich, ob das jetzt immer so weiter geht. Arme Marlis.

„Au, Aua, Au", ertönt es von der Nachbarliege. Sie will Aufmerksamkeit. Eindeutig.

„Aua", ertönt es nun auch aus meinem Mund, denn im rechten Fuß und in der rechten Wade verkrampfen sich derart meine Muskeln, dass ich aufstehen muss. Ich trete fest auf und gehe ein paar Schritte hin und her. Mist. Jetzt hat Madame mich in ihren Fängen.

„Ich mache hier Kur-Urlaub. Ich habe nämlich einen gebrochenen Rücken", erklärt sie mir völlig unbeeindruckt von meinem kläglichen Versuch, meine Muskulatur zu entspannen. „Ist ja schön hier."

„Ja, das ist es", antworte ich. Madame braucht nicht nur Aufmerksamkeit, sondern auch Zuwendung. Ein Teil von mir hat Mitleid mit ihr. Der Krampf lässt nach.

„Können Sie mir einen Gefallen tun?" Oh je, was wird sie von mir wollen?

„Würden Sie mich fotografieren? Ich habe gerne eine Erinnerung an die Orte, die ich besucht habe." Mit diesen Worten zaubert sie einen kleinen Fotoapparat hervor. So eine Kamera habe ich schon lange nicht mehr gesehen. Als Kind habe ich eine ähnliche besessen. Es ist eine Kamera, in der noch ein Film eingelegt werden muss, die jedoch sonst keinerlei Einstellungsmöglichkeiten hat.

„Da müssen Sie hindurchsehen und darauf müssen Sie drücken", erklärt sie mir.

Nun, wenn es weiter nichts ist, erfülle ich ihr liebend gern den Wunsch. Schließlich soll sie ihre

Erinnerungsfotos haben. Während ich mich noch mit der antiken Kamera beschäftige und mich frage, ob auch wirklich ein Film eingelegt ist, setzt Madame sich in Pose. Also, so richtig in Pose: Die Beine auf die Liege, das rechte ausgestreckt bis in die Fußspitze, das linke Bein leicht angewinkelt und gegen das rechte gelehnt. Den rechten Arm hebt sie, legt ihre Hand an den Hinterkopf und biegt dann den Ellbogen nach außen. Das hebt den Busen, habe ich einmal gelesen. Dann senkt sie das Kinn leicht zur Brust, so dass der folgende Augenaufschlag gut zur Geltung kommt. Holla, Marylin Monroe, Brigitte Bardot, Sophia Loren und alle anderen Sexsymbole der fünfziger Jahre sind nichts, aber auch gar nichts, gegen Madame. Und das alles mit gebrochenem Rücken. Ich bin zutiefst beeindruckt. Ich fotografiere sie gleich dreimal aus verschiedenen Perspektiven. Und jedes Mal nimmt die alte Dame Haltung an. Dann gebe ich ihr die Kamera zurück und lasse mich wieder auf meiner Liege nieder. Als ich die Augen schließe, höre ich Madame telefonieren.

„Marlis? Bist du das? … Ich habe jetzt Fotos von hier. Du wirst staunen …"

Zwischenbilanz

Der Tag verläuft nach meinem Geschmack: Sonnenbaden, schmökern und nachmittags Kaffee und Kuchen auf der Terrasse der Cafeteria. Zum Abendessen finden sich alle wieder ein und es herrscht ein fröhliches Schnattern. Jede Frau erzählt ihre Erlebnisse des Tages, mit Ausnahme von Eugenie. Sie hat Schmerzen und verabschiedet sich nach einer Tasse Tee. Wir wünschen gute Besserung, haben allerdings den Verdacht, dass ihr Mann vielleicht doch mehr als zwei Schnäpse getrunken hat. Aber so brennend interessiert uns diese Frage dann doch nicht und wir geben uns wieder unseren Erzählungen hin. Ich habe den Eindruck, dass alle wieder froh sind, unter sich sein zu können. Reha bedeutet eben doch, dass sich ein jeder auf sich besinnen und Abstand vom Alltag gewinnen soll. Und zum Alltag gehört schließlich auch die Familie. Niemand spricht es aus, aber der Gedanke ist deutlich spürbar und hängt wie ein schwerer Kristallleuchter über dem Tisch achtundzwanzig. Ich bin müde. Dieser Tag, an dem ich ausschließlich für mich gesorgt habe, hat mich geschafft. Die Mädels wollen noch schwimmen gehen, ich derweil lasse den Tag angemessen ausklingen, indem ich mich auf mein Zimmer zurückziehe und ausgiebige Körperpflege betreibe. Denn nur in einem gesunden

Körper kann ein gesunder Geist wohnen. Nun, gesund ist mein Körper nicht, dafür soll er wenigstens gepflegt sein. Außerdem kann ich während der routinierten Waschungen und Salbungen ausgiebig über die nahezu erreichte Halbzeit der Rehabilitationsmaßnahme nachdenken. Was hat mir der Klinikaufenthalt bis jetzt gebracht? Was habe ich gelernt? Was hat mir gut getan? Was weniger? Ich habe gelernt, dass ich viele Dinge bereits vor dieser Maßnahme wusste. Dinge, mit denen sich andere Patienten noch nie beschäftigt haben. Zum Beispiel das Thema *Gesunde Ernährung* oder auch *Konfliktbewältigung*. Ich habe gelernt, dass ich nach wie vor liebenswert bin. Trotz körperlicher Einschränkungen, trotz meiner Ernsthaftigkeit. Ich habe gelernt, dass es wichtig ist, sich manchmal zu öffnen. Aber auch, dass genau das sehr, sehr schmerzhaft sein kann und ich aus diesem Grunde äußerst penibel abwägen muss, wie weit ich Menschen in meine Seele vordringen lasse. Ich habe gelernt, dass es immer Menschen gibt, die mich – ob nun gewollt oder ungewollt – verletzen können. Aber es liegt an mir, inwieweit ich es ihnen gestatte. Und ich habe gelernt, dass es wundervolle Frauen gibt, die es alle nicht einfach in ihrem Leben haben und dennoch zueinanderstehen. Ich habe gelernt, dass es tatsächlich Dinge im Leben gibt, die keinen Sinn ergeben, die albern sind und dennoch, oder vielleicht gerade deswegen, Spaß machen.

Ich ziehe mein Nachthemd an, setze mich auf mein Bett, umarme mein Kopfkissen und bin … glück-lich.

Wehe, wenn sie losgelassen – Wassergymnastik II

Nach dem Frühstück startet mein Therapietag mit Wassergymnastik. Meine Lieblingstherapie. Definitiv. Spannend an dieser Therapie ist, dass uns immer wieder ein anderer Therapeut durch das Becken scheucht. Dieses Mal ist es Timo. Timo, der Schwarm aller Frauen. Egal welchen Alters. Da geraten die Hormone in Wallung. Ich frage mich, warum das bei mir nicht passiert. Aber der Typ ist mir eindeutig zu flapsig. Sabine geht es ähnlich wie mir. Sehr beruhigend. Ich hätte sonst auf die Idee kommen können, dass mit mir etwas nicht in Ordnung sein könnte. Wir haben also bei Timo Wassergymnastik. Als er das Schwimmbad betritt, tummeln sich bereits die Teilnehmerinnen – es sind ausschließlich Frauen anwesend (warum eigentlich?) – im Wasser. Acht Augenpaare folgen Timo, wie er zum Tonstudio geht, die Musik discolaut einschaltet, sein T-Shirt von der Brust zieht und sich Kühlung durch Pusten verschaffen will.

„Meine Güte, ist das warm hier", lautet seine Begrüßung. Dann krempelt er sich die kurzen Ärmel seines T-Shirts über die Schultern, so dass seine muskulösen Oberarme mit den Ornamenttätowierungen bewundert werden können. Ich stehe am Beckenrand und beobachte ihn und sein Balzgehabe, wie er um das Becken herumläuft, sich dann und wann mit dem Saum seines T-Shirts die Schweißperlen von der Stirn wischt und dabei, gewollt oder nicht, seine Bauchmuskeln präsentiert. Irgendwie macht er einen hektischen Eindruck. Vielleicht ist der arme Junge nervös? Ich weiß es nicht. Wieder läuft er an mir vorbei. Dieses Mal, um Material für die Gymnastik zusammen zu suchen. Schöne Füße hat er, wie ich feststellen kann. Aber die Füße sind auch noch recht jung. Vielleicht Ende zwanzig. Wir starten also, in dem wir im Kreis laufen. Das kennen wir bereits. Timo derweil beklagt sich nochmals über die Hitze in der Schwimmhalle. Vor mir laufen zwei Frauen, schätzungsweise Mitte vierzig. Eine von ihnen erinnert mich stark an Jenny Elvers, mit blondem Dutt, allerdings mit einer etwas kräftigeren Statur. Die andere, ebenfalls blond, in einem viel zu knappen Bikini und meiner Einschätzung nach ziemlich blöde.

„Timo, wenn dir so warm ist, dann komm doch ins Wasser."

Kichern.

„Oder hast du keine Badehose dabei?"

Kichern.

„Du brauchst ja nur dein T-Shirt auszuziehen."

Kichern.

Timo bügelt jede Anmache gekonnt ab. Erstaunlich. Das hätte ich ihm gar nicht zugetraut.

„Timo, willst du wirklich nicht ins Wasser kommen?"

Kichern.

Die beiden wechseln sich mit ihren „Timo-hier-Timo-da"-Gesülze ab. Langsam beginne ich, mich fremd zu schämen. Ich werfe einen Blick zu Sabine hinüber, die völlig verstummt ist. Als sich unsere Blicke treffen, rollen wir beide mit den Augen. Die Peinlichkeit dauert die gesamten fünfundzwanzig Minuten der Gymnastikeinheit an. Am Ende verschwindet Timo so schnell, dass ich nicht umhin komme, ihm eine regelrechte Flucht zu unterstellen. Armer Junge.

Stressbewältigung

Stress macht krank, sagt man. Aber ich weiß, dass diese Aussage nicht ganz richtig ist. Krank wird man nur dann, wenn es keinen entsprechenden Ausgleich gibt, der das Gleichgewicht zwischen höchster Anspannung und tiefer Entspannung wieder herstellt. Stress bedeutet nicht nur zu viel Anspannung, er kann auch durch eine Unterforderung ausgelöst werden. Mit dieser These beginnt auch das Seminar *Wie bewältige ich Stress?*. Ich bin mir nicht sicher, ob diese Klarstellung direkt zu Beginn des Seminars einige Teilnehmer empfindlich trifft. An manchen Gesichtern kann ich eine Spur Empörung ablesen. Wie kann hier, in dieser Klinik, in diesem Seminar, an diesem Abend, behauptet werden, dass manch einer zu wenig um die Ohren hat? Unerhört. Ich kann nahezu den einen oder anderen Gedanken hören. Wahrscheinlich kann das Frau Dr. Schwado, die dieses Seminar leitet, auch. Denn im Folgenden geht es dann nur noch um Überlastung. Sie will wahrscheinlich die Patienten nicht verärgern. So eine Klinik lebt schließlich von zufriedenen Patienten. Nun, ständige Grenzbelastungen und Überforderung können Stress und Krankheiten verursachen. Stress ist also ein erheblicher Risikofaktor für die Schwächung des Immunsystems. Unsere körperliche Widerstandskraft lässt nach. Blutdruck und Cholesterinwerte können steigen und auch die Gefahr an Diabetes zu erkranken nimmt zu. Also, zumindest für mich, nichts Neues. Doch wie bekämpft man den Stress? Auch darauf hat Frau Dr. Schwado Antworten.

Ändern Sie die Dinge, die Sie ändern können. Fraglich ist nur, was ich ändern kann.

Setzen Sie sich und anderen klare Grenzen. Okay. Aber wo sind die Grenzen?

Organisieren Sie Ihren Tagesablauf. Mache ich sowieso. Sonst würde ich mein Tagespensum gar nicht schaffen.

Machen Sie bewusst Pausen. Jetzt frage ich mich, was unbewusste Pausen sind.

Sagen Sie STOPP und denken Sie nach. Ich denke immer nach. Ständig kreisen meine Gedanken. Auch ohne STOPP zu sagen. In dieser Hinsicht bin ich sehr talentiert.

Lernen Sie zu reden. Tja, ich habe mich eigentlich immer für kommunikativ gehalten.

Meines Erachtens liegen in den meisten Fällen Theorie und Praxis weit auseinander. Zumindest bei mir. Und wahrscheinlich bei vielen anderen auch. Wenn das alles so einfach wäre, gäbe es mit Sicherheit viel gesündere Menschen. Verschiedene Entspannungstechniken werden vorgestellt und immer wieder erfolgt ein dezenter oder direkter Hinweis, dass Bewegung den Kopf frei macht. Da bin ich allerdings skeptisch. Schließlich bewege ich mich hier seit meiner Ankunft vor zwei Wochen täglich. Aber frei ist mein Kopf keineswegs. Das, so nehme ich mir vor, werde ich weiter beobachten. Alles in allem ist der Vortrag sehr kurzweilig, nett anzuhören und es ist spannend, die Gesichter der Klinikpatienten zu studieren. Aber insgesamt gibt es keine neuen Erkenntnisse. Für mich. Für Rieke ebenfalls nicht. Mit ihr diskutiere ich nämlich das Gehörte, nachdem wir den Vortragsraum verlassen haben und das Sofa im Eingangsbereich besetzen. Nach kurzer Zeit gesellt sich Eugenie hinzu. Das verwundert mich ein wenig, da sie sonst mit ihrer Hausfrauengruppe in der Cafeteria Mensch-ärgere-dich-nicht spielt oder aber plaudernd Socken strickt.

„Wart ihr bei einem Vortrag?" will sie wissen.

„Stressbewältigung", antworte ich.

„Na ja, ein komplexes Thema. Ich habe bereits mehrere Seminare besucht. Hier wird ja nur an der Oberfläche gekratzt. Wenn es euch interessiert: Ich habe ein paar Unterlagen zu diesem Thema auf meinem Zimmer. Die könnte ich euch zur Verfügung stellen."

„Danke. Aber heute nicht mehr. Für heute habe ich definitiv genug."

„Ich auch", beeilt sich Rieke zu sagen.

„Na, dann … vielleicht morgen. Ich wünsche euch eine gute Nacht." Eugenie verschwindet humpelnd im Aufzug. Rieke gähnt. Das steckt an.

„Ich gehe auch ins Bett." Sie erhebt sich aus dem Sofa. Ich folge ihr.

„Gute Idee. Ich bin auch geschafft. Genug für heute. Schlaf schön." Wir umarmen uns und machen uns auf den Weg zu unseren Zimmern.

Adrian, der Wundertherapeut

Nun hat bereits die dritte Reha-Woche angefangen und der Klinikalltag hat uns fest im Griff. Routiniert besuche ich meine Therapien. Die einen sind beliebt, die anderen weniger. Wir Mädels schweißen immer enger zusammen und ich fühle mich stark. Unbezwingbar. Selbstbewusst. Zumindest meistens. Doch als ich an diesem Morgen aufwache und meine Beine aus dem Bett schwinge, um aufzustehen, durchfährt ein stechender Schmerz mein rechtes Fußgelenk. Was für ein Mist. So langsam regenerieren sich mein rechtes Knie und mein linkes Handgelenk und dann so etwas. Der Schmerz sucht sich andere Gelenke aus. Jeder Schritt führt mir vor Augen, dass ich nun einmal Rheumatikerin bin. Daran gibt es nichts zu deuteln. Punkt. Wie gut, dass ich bereits heute Morgen einen Termin bei Adrian habe. Adrian, der Physiotherapeut mit den Wunderhänden. Adrian, der mir Schmerzen zufügt, um sie mir zu nehmen. Adrian, mein Retter, mein Held. Nach dem Frühstück mache ich mich auf den Weg zu den Behandlungsräumen und nehme im Wartebereich Platz. Es dauert nicht lange, bis er erscheint. Pünktlich ist er. Immer. Er grinst mich an. Anstelle eines Morgengrußes kommt nur ein knappes „Und?" welches ich mit „Och" beantworte. Wir verstehen uns. Ich folge ihm in die Kabine, schlüpfe aus meinen Schlappen, setze mich auf die Liege und deute auf mein geschwollenes Fußgelenk. Er setzt sich neben mich und ich lege meinen Fuß auf seinen Oberschenkel.

„Was ist los?" fragt er.

„Ich kann schon wieder nicht richtig laufen. Diesmal ist es das Fußgelenk."

Er tastet, drückt, massiert, knetet, dreht und kneift. Kurzum: Er tut mir weh. Ich sage nichts. Er sagt nichts. Wie bereits erwähnt, wir verstehen uns. Sehr gut sogar. Dann steht er auf und holt ein festes Gummiband, das er mir wie einen Kompressionsverband, nur sehr viel fester, um das Fußgelenk wickelt. Ich habe das Gefühl, dass mir sämtliche Blutbahnen, Nerven und Sehen abgeklemmt werden. Dann lässt er mich aufstehen.

„Nun geh einmal durch den Raum."

Das mache ich.

„Jetzt auf den Zehenspitzen."

Auch das mache ich.

„Jetzt auf den Fersen."

Das versuche ich.

„Jetzt wieder normal gehen."

Ich bin folgsam und wechsele mehrmals die Gangarten. Obwohl ich mittlerweile kein Gefühl mehr im rechten Fuß habe und ich befürchte, dass die Durchblutung in Mitleidenschaft gezogen werden könnte. Ich sehe schon einen schwarz-verfärbten fauligen Fuß vor mir, der unangenehm nach totem

Tier riecht. Doch bevor ich meine Fantasien per-
fektionieren kann, darf ich mich wieder hinsetzen
und Adrian befreit mich von diesem Folterband.
Endlich. Und siehe da, mein Fußgelenk ist so
schlank, wie das einer Gazelle.
„Jetzt geh noch einmal durch den Raum."
Ich gehe. Dieses Mal ohne Schmerzen. Leicht und
federnd. Ich kann es kaum glauben.
„Faszien", erklärt er knapp. Was auch immer das
bedeutet. Egal, was es ist. Danke. Danke, Adrian.
Du bist wahrlich mein Held.

Der missglückte Grillabend

„Mein Mann hat am Wochenende unseren kleinen Kugelgrill von zu Hause mitgebracht", verkündet Gundula an einem Abend auf der Raucherbank. „Wir müssen nur noch einkaufen. Also, was wollt ihr auf den Grill legen?" Erwartungsvoll schaut sie in die Runde.

„Wo willst du denn grillen?" Sabine hebt ihre wundervoll geschwungenen und exakt gezupften Augenbrauen.

„Wir finden schon einen Platz. Ich werde mal den Hausmeister fragen. Vielleicht ist der Grünstreifen hinter dem Muckibuden-Parkplatz ganz gut geeignet. Also, wie wäre es mit morgen Abend? Wer geht mit einkaufen?"

Isa ist begeistert: „Cool. Ich esse auf jeden Fall eine Wurst, einen Spieß und eine Fackel."

Ich muss grinsen. In dieser Klinik haben seltsamerweise alle einen gesegneten Appetit.

„Baguette, Kräuterbutter, Oliven, Tomaten, Käse und Weintrauben dürfen auch nicht fehlen." Auch Rieke ist entzündet. „Und dann besorgen wir noch Holzscheite aus dem Entspannungsraum, damit wir noch ein Lagerfeuer machen können."

Ich frage mich, ob Grillen und Lagerfeuer überhaupt erlaubt sind, aber die Aussicht auf einen lustigen Grillabend dämmt meine Sorgen bis auf Erbsengröße ein.

„Die Holzscheite besorgen Rieke und ich. Wir können schließlich am besten laufen, falls wir gesehen werden. Euch hat man ja direkt eingefangen." Gundula ist in ihrem Element. Wir erstellen eine Einkaufsliste und verabreden, dass wir am nächsten Abend nicht zum üblichen Klinikabendessen, sondern zum Grillen auf die kleine Wiese hinter dem Parkplatz vor dem Fitness-Center zu erscheinen haben. Meine anfängliche Begeisterung wandelt sich allerdings im Laufe des nächsten Tages in Zweifel. Vielleicht ist Grillen auf dem Gelände verboten. Vielleicht bekommen wir Ärger. Vielleicht sollten wir das Ganze lieber sein lassen. Aber: Viel Zeit haben wir nicht mehr miteinander. Die dritte Woche neigt sich dem Ende zu und Gundula und Sabine werden bald abreisen. Nur Rieke, Isa und ich werden eine vierte Woche in dieser Klinik verbringen. Außerdem sind wir erwachsen, alle über fünfzig. Wir wissen, was wir tun, was wir dürfen, was wir wollen. Meistens jedenfalls. Um halb sechs ist es dann soweit. Die Holzkohle kokelt bereits, als ich den Parkplatz überquere. Als ich hinzutrete, drückt mir Rieke eine Flasche Bier in die Hand. Allerdings handelt es sich um das erlaubte alkoholfreie, zu dem wir mittlerweile übergegangen sind. Zumindest Rieke und ich. Leere Getränkekisten wurden von Gundula liebevoll als Sitzgelegenheiten für die Hüftoperierten bereitgestellt. Es kann also losgehen. Die Köstlichkeiten liegen bereit und ich entdecke ebenfalls zwei Holzscheite neben dem Baguette, auf dem eine Ameise krabbelt. Was soll's, denke ich, das Tierchen soll ruhig an unserem Glück teilhaben. Die Stimmung ist ausgelassen, so dass keine von uns bemerkt, dass Juniorchef mit einem Mal neben uns steht.

„Guten Abend. Was gibt das hier?" Sein Blick ist streng. So streng, wie das eines jugendlichen Schnösels sein kann.

„Picknick", antwortet Gundula.

„Hier ist Naturschutzgebiet und Feuer machen verboten", belehrt er uns.

„Wir machen kein Feuer. Wir grillen", entgegnet Isa.

„Ich müsste eigentlich die Feuerwehr rufen. Zweitausendfünfhundert Euro kostet ein solcher Einsatz, den Sie bezahlen müssten."

„Wieso wir? Wir rufen die Feuerwehr doch nicht." Juniorchef reagiert nicht auf Riekes Bemerkung.

„Gehört dieser Grünstreifen denn nicht zur Klinik?" will ich nun wissen. Ja, er gehöre zur Klinik.

„Nun. Mir ist kein Fall bekannt, dass jemand die Feuerwehr wegen eines kokelnden Grills auf seinem eigenen Grundstück alarmiert. Klingt irgendwie skurril."

„Grillen ist hier aber nicht erlaubt. Es grenzen noch zwei Kliniken und ein Hotel an. Stellen Sie sich vor, wenn diese Gebäude Feuer fangen. Es ist besser, wenn Sie Ihre Party jetzt beenden."

Isa stößt mich mit ihrem Fuß so unauffällig wie möglich an. Ich folge ihrem Blick und erstarre innerlich, als ich die geklauten Holzscheite entdecke.

„Ich notiere mir jetzt Ihre Namen und Ihre Zimmernummern, falls heute Abend doch ein Feuer ausbrechen sollte." Mit diesen Worten zückt er einen kleinen Notizblock und einen Kugelschreiber.

„Familienstand? Alter? Größe? Gewicht?" Rieke hat es darauf angelegt, ihn zu provozieren. Doch er bleibt gelassen, wie er es wahrscheinlich in der Ausbildung – bestimmt irgendetwas mit Hotelmanagement – gelernt hat. Vom Umgang mit schwierigen Gästen oder so ähnlich. Sein Blick wandert von der einen zur anderen. Verdammt nochmal, was machen wir bloß mit den Holzscheiten? Indem ich noch fieberhaft darüber nachdenke, reagiert Isa auf eine Weise, die wir unser Lebtag nicht vergessen werden: Sie zieht kurzerhand ihr T-Shirt über den Kopf und lässt es auf die Holzscheite fallen. Nun sitzt sie da, auf ihrer umgedrehten Getränkekiste, in Shorts und schwarzem Spitzenbüstenhalter, fächelt sich mit der Hand Luft zu und blickt Juniorchef herausfordernd an.

„Hitzewallung", kommentiert sie knapp. Schnösel-Junior errötet. Haben wir ihn aus der Fassung gebracht? Wie dem auch sei, die Holzscheite kann er nun nicht mehr entdecken. Er bleibt noch so lange bei uns stehen, bis wir die glimmenden Kohlen gelöscht haben. Dann wendet er sich zum Gehen, hält jedoch noch einmal kurz inne und dreht sich zu uns um.

„Jetzt haben Sie gar kein Abendbrot gehabt", stellt er fest. So fürsorglich auf einmal.

„Da machen Sie sich mal keine Sorgen. Wir verhungern schon nicht."

Wir warten noch, bis er im Haus verschwunden ist, dann greift Isa nach ihrem T-Shirt und zieht es wieder an.

„Boah, Isa, was war das denn für eine coole Nummer?" Rieke und Sabine heben die Hände um mit Isa abzuklatschen.

„Von wegen coole Nummer … Die verdammten Holzscheite lagen genau in seinem Blickfeld. Ich musste irgendetwas tun."

Wir beglückwünschen uns zu unserer Coolness bevor wir die restlichen Lebensmittel zusammenräumen und uns auf den Weg zur Raucherbank machen. Denn dort werden wir unser Abendbrot, bestehend aus Baguette, Kräuterbutter, Oliven, Tomaten, Käse und Weintrauben zu uns nehmen. Und natürlich Rotwein. Und Bier. Mit viel Gelächter und noch mehr Spaß.

Morgens Fango, abends Tango - Freitagsschwof II

Es ist wieder Freitagabend. Party ist angesagt. Mittlerweile kenne ich schon die Feierwütigen, die jeden Schlager mitgrölen können. Diejenigen, die nichts mehr auf den Stühlen hält, wenn die Musik ertönt. Wie auch die letzten beiden Freitage erscheinen sie fein gemacht zum Abendessen, um im Anschluss zwei wilde Stunden in der Klinikcafeteria zu verbringen. Heute Abend also mit Pedro. Romantisch soll es werden. So verrät es die Ankündigung am schwarzen Brett. Wir werden jedoch auch dieses Mal das Freitag-Abend-Spektakel nicht mitmachen. Allerdings haben wir uns vorgenommen, von der Terrasse vor der Cafeteria das Treiben zu beobachten. Studien betreiben, analysieren und gegebenenfalls auch dokumentieren. Auf jeden Fall werden wir uns amüsieren. Nach dem Abendessen besorgen wir uns alle ein Glas Wein und suchen zunächst einmal die Raucherbank auf. Nach dem Rechten sehen, sprich, den raucherbankeigenen Aschenbecher inspizieren, rauchen, lachen, plaudern. Als die Musik in der Klinik immer lauter wird und wir die Schnulzenhitparade nicht mehr überhören können, schlendern wir zurück, um uns ein geeignetes Plätzchen auf der Terrasse zu suchen, von der wir durch die großen Fensterscheiben das

Treiben zu Pedros Discjockey-Talent im Blick haben. Die Stimmung ist ausgelassen. Sowohl in der Cafeteria, als auch auf der Terrasse. In der Cafeteria wird gesungen, auf der Terrasse gelacht. In der Cafeteria wird geschunkelt, auf der Terrasse gelacht. In der Cafeteria wird getanzt, auf der Terrasse … nun, auf der Terrasse ist man schlichtweg erstaunt. Krücken, Rollatoren, ja sogar Rollstühle stehen fein säuberlich an der Wand entlang aufgereiht und die dazugehörenden Patienten tanzen. Discofox, Walzer, Klammerblues. Was weiß ich. Hauptsache, es macht Freude.

„Jetzt guckt euch mal die Hüftoperierten an", ruft Gundula.

„Was willst du? Denke doch nur einmal an das Laternenfest. Wir haben auch getanzt", antworte ich.

„Die Schmerzmittel werden es schon richten."

„Du hast Recht. Aber wir standen nicht unter Aufsicht der Therapeuten." Isa deutet auf ein paar junge Leute mitten im Gewühl der Tanzenden. Und da sind sie. Der muskelbepackte Timo, die kleine Rothaarige, Adrian, der Wundertherapeut und – ich traue meinen Augen nicht – Frau Admiral. Sie besitzt also doch menschliche Züge. Wer hätte das gedacht.

„Jetzt fehlen nur noch ein paar Ärzte." Sabine muss bei der Vorstellung kichern.

„Und der Höhepunkt wäre, wenn Juniorschnösel jetzt auftauchen und mit Frau Admiral einen Tango aufs Parkett legen würde." Rieke hat manchmal wahrlich wunderbare Einfälle. Wir malen uns die Szene in allen Farben aus und amüsieren uns prächtig. Nur tanzen wollen wir heute Abend nicht. Die Schmerzen am Tage nach dem Laternenfest sind uns allen noch sehr präsent. In der Cafeteria wird die Stimmung immer ausgelassener. Längst werden keine Romantik-Schlager mehr gespielt. Pedro ist nun dazu übergegangen, Kölner Karnevalslieder aufzulegen. Ich hätte nie gedacht, dass so viele Nicht-Kölner so textsicher sind. Der Abend schließt mit einer Polonaise durch den Saal, bei der lautstark *Wenn dat Trömmelsche jeiht* … gesungen wird. Wenn das kein gelungenes Fest ist …

Männer, die wahren Helden

Bis zum offiziellen Einschluss um zweiundzwanzig Uhr dreißig haben wir noch eine gute Stunde Zeit, die wir draußen verbringen. Nach und nach strömen die feierwütigen Patienten hinaus, um ihre erhitzten Körper an der frischen Luft ein wenig abzukühlen. Nun, manche wollen auch nur rauchen. Oder sie gehen hinaus, weil die anderen es auch tun. Herdentrieb. Zwei Männer gesellen sich zu uns. Ein wenig angetrunken sind sie. Ich denke, dass sie sonst auch nicht den Mut aufgebracht hätten uns anzusprechen, sich unaufgefordert zu uns zu setzen. Der eine ist eher zurückhaltend und klammert sich an seine Bierflasche. Der andere ist der Wortführer. Ein Durchschnittstyp, Mitte vierzig vielleicht. Er wiederum gestikuliert mit seiner Bierflasche. Ich stelle fest, dass Bierflaschen unterschiedlich eingesetzt werden können. Dann beginnt das allzeit bekannte Balzgehabe. Warum wir denn nicht mitgefeiert hätten. Sie hätten doch so gerne mit uns getanzt. Aber das nächste Mal müssten wir unbedingt dabei sein. Ob wir noch etwas trinken wollten. Wie lange wir schon hier seien. Der Ruhige sagt nichts. Der Wortführer ist in seinem Element: Die Therapeuten seien ganz gut. Schließlich hätte man ihn halbwegs wieder hinbekommen. Er hatte einen Motorradunfall. Dem Tode von der Schippe gesprungen. Aber so sei nun mal das Leben. Immer ein Risiko. Man müsse schon etwas aushalten können. Sein Kumpel – er deutet auf den Ruhigen – hätte einen Bandscheibenvorfall gehabt. Schmerzhaft, keine Frage. Aber nichts gegen seinen Motorradunfall. Mit diesen Worten klopft er immer wieder kraftvoll auf den Rücken seines Begleiters. Die Bandscheiben müssen einiges aushalten. Ich rücke mit meinem Stuhl ein wenig zurück und blicke teilnahmslos in eine andere Richtung. Der Typ geht mir auf den Zwirn. Isa und Rieke verstummen. Gundula fällt mit einem Male ein, dass sie noch schwimmen wollte. Nur Sabine ist zu höflich und bemüht sich um eine Unterhaltung. Dafür erhält sie unter dem Tisch Tritte.

„Au", ruft sie jedes Mal, wenn wir ihr Schienbein oder ihr Fußgelenk treffen und bringt damit den heldenhaften Motorradfahrer völlig aus dem Konzept.

Als wir das bemerken, treten wir immer öfter. Die arme Sabine muss jetzt leiden, aber wir anderen erfreuen uns an dem irritierten Gesichtsausdruck des Helden. Mitfühlend will der Typ nun wissen, was Sabine denn quält.

„Morgen habe ich ganz viele blaue Flecke", jammert sie. Wir prusten los. Halten uns die Bäuche vor Lachen. Der Held und sein Kumpel verlassen fluchtartig die Terrasse. Jetzt werden sie sich sicher

über uns das Maul zerreißen. Aber: Ist der Ruf erst
ruiniert … dann hat man richtig Spaß.

Ausflug an den See

Da unser Grillabend von Junior unterwandert wurde, beschließen wir zum Abschied von Gundula und Sabine einen Ausflug zu unternehmen. So planen wir einen Abend an einem nahegelegenen Badesee, der sehr schön und ruhig sein soll. Rieke und Gundula, die die Umgebung ausgiebig erkundet haben, entdeckten ihn. Am Samstagnachmittag ist es so weit. Wir quetschen uns in Riekes Kleinwagen und fahren los. Wo müssen wir jetzt lang? Falsche Richtung. Wir verfahren uns. Wir fahren im Kreis. Wir finden die Abzweigung nicht. Wir verfahren uns wieder. Und wieder. Und dann, endlich, erreichen wir den Parkplatz am See. Sehr viele Autos stehen hier.

„Soll es hier nicht ruhig sein?", frage ich nach.

„Als ich hier war, war nichts los. Ehrlich", antwortet Gundula.

„Wann warst du denn hier?", will nun Sabine wissen.

„Am Mittwoch. Vormittags."

„Mittwochvormittag ist nicht Samstagnachmittag. Und das in den Sommerferien", gebe ich zu Bedenken.

„Jetzt sind wir hier, haben den Parkplatz bezahlt, und jetzt gehen wir auch an den See." Rieke ist wie immer sehr pragmatisch. Also holen wir unsere

Handtücher, Strandtaschen und die Decke aus dem Kofferraum und marschieren los. Ein kleiner Waldweg führt uns direkt zum See. Als wir dort ankommen, bleiben wir abrupt stehen. Hier wimmelt es von Menschen, vornehmlich jungen Familien mit kreischenden Kleinkindern, jugendlichen Ballspielern und für den Laufsteg zurechtgemachten jungen Mädchen. Und dann wir: Mit und ohne Krücken, aber auf jeden Fall hinkend und humpelnd, unsicher staksend auf dem sandigen Boden.

„Na, prima", ist Sabines Kommentar.

Wir suchen uns einen Platz, an dem es nicht ganz so laut ist. Wir versuchen es zumindest. Endlich entdecken wir ein Fleckchen unter einem Baum, breiten die Decke aus und lassen uns schwerfällig darauf nieder. Als ich endlich sitze, spüre ich jede Wurzel, jeden Stein, jeden Grasbüschel unter mir. Jetzt muss ich abwägen, ob ich mühevoll wieder in den Stand kommen soll, oder ob ich die unangenehmen Unebenheiten in Kauf nehme. Ich fühle mich wie die Prinzessin auf der Erbse. Äußerst unwohl. Gundula ist schon wieder verschwunden. Isa steht immer noch.

„Ich kann mich nicht auf die Erde setzen", sagt sie.

„Gundula besorgt einen Stuhl für dich", antwortet Rieke.

Dass Gundula irgendetwas besorgt, hat mich zu Anfang immer wieder erstaunt. Jetzt nicht mehr. Gundula besorgt ständig irgendetwas. Und tatsächlich. Nach nur wenigen Minuten erscheint Gundula. Mit einem Stuhl.

„Wo hast du den denn her?", wollen wir wissen.

„Besorgt", antwortet sie knapp.

Endlich kann sich auch Isa setzen. Insgeheim bin ich ein wenig neidisch auf den Stuhl. Der knubbelige Untergrund quält mich. Die Sonne auch. Es ist heiß. Mir ist heiß. Viel zu heiß. Gundula geht schwimmen. Sabine brät in der Sonne und Rieke im Schatten. Ich rutsche von einer Pobacke auf die andere und versuche zu lesen. Neben uns liegt ein Pärchen. Ich frage mich, ob sie schlafen. Aus ihrem kleinen Kofferradio ertönen Popmusik und Fußballberichte im Wechsel. Das lenkt mich ab. So kann ich mich nicht auf meine Lektüre konzentrieren. Also stopfe in mein Buch wieder in die Tasche. Nach einer Weile schmerzen sämtliche Gelenke. Hier kann ich unmöglich länger sitzen. Erst recht nicht liegen. Mühsam stehe ich auf.

„Was machst du?", fragt Sabine. Sie klingt schläfrig. Wie kann sie nur mit ihrer operierten Hüfte so liegen?

„Da drüben im Schatten steht eine Bank. Ich setze mich dorthin und lese."

„Okay", antwortet sie. Ihre Augen bleiben geschlossen. Ich mache mich also auf den Weg über den angelegten Sandstrand. Das Gehen fällt mir schwer. Mein Knie und die Fußgelenke protestieren und ich bin froh, als ich die Bank erreiche. Endlich vernünftig sitzen. Endlich Schatten. Endlich ein wenig Ruhe. Ich winke zu den anderen hinüber. Da sehe ich, wie Isa aufsteht und es mir gleich tut. Mit Krücken. Über den Sandboden. Das bereitet mir Sorgen. Ich stehe auf und will ihr helfen. Sie bemerkt meine Absicht und winkt ab.

„Ich schaffe das", ruft sie mir zu. Sie ist so ungemein tapfer. Und sie schafft es tatsächlich. Gemeinsam genießen wir den schattigen Platz und hoffen darauf, dass es unsere Sonnenanbeterinnen nicht allzu lange aushalten. Und in der Tat: Nach einer Weile packen sie zusammen, schultern ihr Gepäck und den Stuhl und kommen durch den Sand gestapft.

„Jetzt gehen wir etwas trinken. Und essen. Da oben ist die Strandbar." Rieke hat alles im Blick. Wir machen uns also wieder auf den Weg und ergattern tatsächlich einen Tisch auf der am Wasser angelegten Terrasse. Wir essen Flamkuchen, trinken Bier, machen Fotos, lachen viel und feiern Abschied. Denn es bleiben uns nur noch zwei Therapietage zu fünft. Dann werden Sabine und Gundula abreisen.

Es ist bereits dunkel, als wir aufbrechen. Der kleine Waldweg zum Parkplatz ist nicht beleuchtet und wir haben alle Mühe, stolperfrei zum Auto zu gelangen. Aber auch das meistern wir. Dann quetschen wir uns wieder in Riekes Kleinwagen und machen uns auf den Weg zurück zur Klinik.

Schließlich müssen wir pünktlich sein, sonst droht uns eine Nacht auf den Bänken vor der Klinik.

Und wie durch ein Wunder, schaffen wir den Rückweg, ohne uns zu verfahren.

Andrea Berg und Helene Fischer – Wassergymnastik III

Das dritte Wochenende ist vorüber. Der Montagmorgen beginnt mit Wassergymnastik. Sabine ist auch wieder dabei. Ein letztes Mal. Wie alles, was wir in den verbleibenden zwei Tagen gemeinsam unternehmen werden. Ein letztes Mal. Das stimmt mich traurig. Schnell schüttele ich diesen Gedanken ab und freue mich auf das Wasser. Nach dem Frühstück ziehen wir uns um und treffen uns im Schwimmbad. Dieses Mal sind wir eine große Gruppe. Ich zähle zwölf Patienten. Zehn Frauen und zwei Männer. Wir planschen ein wenig herum und sind gespannt, wer heute den Kurs leiten wird. Dann erscheint sie. Meine Lieblingstherapeutin: Frau Admiral. Mir bleibt aber auch nichts erspart.

„Deutsch oder Englisch?" ruft sie. Dass sie sich grußlos Gehör verschafft, kennen wir schon. Aber die Frage nach einer Sprache, verunsichert die Patienten. Zumindest diejenigen, die bei Frau Admiral noch keine Wassergymnastik hatten.

„Deutsch", ruft die Frau neben mir und als ich zu ihr hinüberschaue, zwinkert sie mir zu. Frau Admiral geht zum Schwimmbad-Tonstudio und kurz darauf erfüllt Helene Fischer mit ihrem Dauerbrenner *Atemlos* das Schwimmbad. Das war also gemeint. Ich muss grinsen. Frau Admiral setzt sich an den Beckenrand, lässt ihre Füße im Wasser baumeln, bellt ihre Anweisung – wir laufen wieder einmal im Kreis – und singt. Atemlos. Sie unterbricht ihren Gesang nur, wenn sie neue Anweisungen gibt. Wir haben unseren Spaß. So gut gelaunt haben wir diese Therapeutin kein einziges Mal in den vergangenen drei Wochen erlebt. Was Helene Fischer doch alles bewirken kann. Und Frau Admiral ist textsicher. Nicht nur bei Atemlos. Auch bei dem Song *Achterbahn* und die vielen anderen Lieder, die wir uns an diesem Morgen anhören. Und Frau Admiral ist nicht nur textsicher bei Helene Fischer. Nein. Auch bei den Hits von Andrea Berg kann sie locker mithalten. Wir kämpfen mittlerweile mit der Poolnudel, aber unsere Blicke sind wie gebannt auf die singende Therapeutin gerichtet. Sie hat ihren Spaß. Wir auch. Und das Beste ist, dass wir zum Ende der Reha-Maßnahme einmal eine gut gelaunte Frau Admiral erleben dürfen.

Bad Ungerholer Mücken

Nach der Wassergymnastik habe ich bis zur
nächsten Therapie eine gute Stunde frei. Zeit für
ausgiebige Körperpflege. Wie ich also nach dem
Duschen auf meinem Bett sitze und meiner Haut
ein Extra an reichhaltiger Körperlotion gönne,
komme ich nicht umhin, die zahlreichen Mückenstiche an meinen Beinen zu zählen. Siebenund-
dreißig. Das kann unmöglich ein Einzeltäter gewesen sein. Ich schaue mich um. Irgendwo müssen
sich diese Biester versteckt haben, um in der Nacht
über mich herzufallen. Hinterlistiges Pack. Ich beschließe, auf die Jagd zu gehen. Sofort. Ankleiden
verschiebe ich auf später. Meine Haut ist eh noch
viel zu ölig. Lediglich mit meiner Brille bekleidet,
suche ich systematisch zuerst die Zimmerdecke,
dann die Wände ab. Nichts. Ich bewege Möbel und
wedele mit einem Handtuch. Nichts. Ich schüttele
die Gardinen und es surrt. Sehen kann ich immer
noch nichts. Ich ziehe die Gardine vollständig zurück und inspiziere die Fensterscheibe. Da sitzen
sie. Vier an der Zahl. Groß und fett und träge. Kein
Wunder. Satt bis oben hin müssen sie sein. Vollge-
fressen mit meinem Blut. Leider sitzen sie zu hoch
an der Fensterscheibe, so dass ich sie nicht mit
einem Schlag erlegen kann. Also wedele ich zunächst mit meinem Handtuch und jage sie durch

das Zimmer. Ich lasse sie nicht aus den Augen und bin wild entschlossen, die Todesstrafe walten zu lassen. Plötzlich setzt sich eine Mücke auf die Wand über meinem Bett. Ich drehe mein Handtuch zu einem festen Wulst und schlage zu. Da waren es nur noch drei. Ich betrachte die von mir ermordete Mücke, wie sie dort inmitten einer Blutlache an der Wand klebt. Mit einem Mal bemerke ich, dass nicht nur mein Blick an dem Ort des Verbrechens haftet. Zwei Kumpels der Leiche nähern sich dem Tatort und lassen sich in unmittelbarer Nähe nieder. Ob sie trauern? Und wenn schon. Das ist mir völlig gleichgültig. Ich schwinge meine Waffe und werde zur Serienmörderin. Zwei weitere Mückenleichen kleben nun an der Wand über meinem Bett. Schön in Reih und Glied. Na ja, andere Menschen schmücken ihre Wände mit Hirschgeweihen oder Schweineköpfen – ich mit Bad Ungerholer Monstermücken. Jetzt fehlt nur noch Mücke Nummer vier. Die allerdings hat die Gefahr erkannt und sich entweder sehr gut versteckt oder das Weite gesucht. Die Balkontür steht schließlich auf. Ich suche noch eine Weile Wände, Decke und Fensterscheibe ab, bis es Zeit wird, mich anzuziehen und mich auf den Weg zur nächsten Therapie zu machen.

Psychologie

Die vergangenen Therapiestunden bei Frau Dr. Schwado waren eine Bereicherung gewesen. In angenehmen Gesprächen habe ich jedes Mal Erkenntnisse gewinnen können, die mir – hoffentlich – in Zukunft weiterhelfen werden. Als ich heute das Büro von Frau Dr. Schwado betrete, fühle ich mich beschwingt und mir ist das erste Mal nicht zum Heulen zumute.

„Guten Morgen, Frau Schmitz. Wie geht es Ihnen?" Frau Dr. Schwado macht auch heute wieder den Eindruck, als ob sie sich aufrichtig darüber freut, mich zu sehen.

„Ganz gut. Obwohl ich ein wenig traurig bin. Die Zeit vergeht so schnell und übermorgen wird sich unsere Mädels-Clique trennen. Zwei werden nach Hause fahren. Nur drei von uns bleiben eine vierte Woche."

„Sie werden bestimmt weiterhin Kontakt halten. Schließlich haben Sie diese Zeit hier gemeinsam sehr gut gemeistert."

„Ja, das denke ich auch. Und wir haben sehr viel Spaß gehabt."

Frau Dr. Schwado lächelt mich wissend an.

„Frau Schmitz, war es etwa Ihre Clique, die den missglückten Grillversuch startete?"

Ich bin erstaunt, wie schnell sich doch rebellische Aktionen herumsprechen. Ich nicke.

„Wunderbar." Frau Dr. Schwado ist begeistert. „Ist es nicht ein bereicherndes Gefühl, einmal etwas Verbotenes zu tun? Etwas, das einfach nur Spaß macht?"

„Na ja, ich habe mich schon ein wenig unwohl gefühlt. Aber genau diese Erlebnisse bleiben in Erinnerung und später wird man sich diese Geschichte immer wieder erzählen und darüber lachen."

„So ist es. Genau das sind die kleinen Dinge des Lebens, die Spaß und Freude bringen und uns zu unserem Glück verhelfen. Bewahren Sie sich dieses Gefühl und denken Sie daran, dass es sich durchaus lohnt, ab und zu aus den gesellschaftlichen Zwängen mit all ihren Regeln auszubrechen, einzig und allein mit dem Ziel, Spaß zu haben."

Ich soll also einfach nur ab und zu einmal Spaß haben. Das ist alles. Darüber muss ich nachdenken. Und doch ist es wohl eine der wichtigsten Erkenntnisse dieser Reha. Zufrieden verlasse ich die Therapiestunde.

Eugenie und die Dildoparade

Der Tag verläuft in geregelten Bahnen. Die Therapien reihen sich aneinander, hin und wieder treffe ich eine der Frauen. Wir tauschen uns kurz aus, bevor wir zu unseren nächsten Terminen eilen. Zum Abendessen treffen wir uns alle im Speisesaal am Tisch achtundzwanzig wieder. Pünktlich um achtzehn Uhr. Wie immer. Selbst Eugenie, die sonst entweder früher oder später zum Essen erscheint, hat sich heute dazu entschlossen, mit uns gemeinsam das Abendessen einzunehmen.

„Wolltet ihr nicht noch die Unterlagen über Stressbewältigung bei mir abholen? Sie sind wirklich sehr interessant."

Niemand am Tisch antwortet.

„Irina, du warst doch so interessiert."

Ich kann mich gar nicht erinnern, will ihr aber auch nicht widersprechen. Die anderen schauen grinsend auf ihre Teller.

„Ich kann sie mir nach dem Essen ja bei dir abholen. Wann brauchst du sie denn wieder?"

„Gar nicht. Ich habe Kopien, die ich dir überlassen kann."

Kopien hat sie also auch. Na, so etwas. Wahrscheinlich missioniert sie die halbe Klinik und verteilt unterstützend Kopien kluger Schriftsätze über

Stressbewältigung, gesunde Ernährung, und sonstige Themen.

Also gehe ich nach dem Abendessen mit auf Eugenies Zimmer. Sauber und aufgeräumt ist es hier. Das Bett ist gemacht und das Nachthemd ordentlich gefaltet auf dem Kopfkissen abgelegt. Unter der Garderobe stehen ihre Schuhe. Auf den Millimeter genau in Reih und Glied. Das passt zu ihr. Genau so habe ich mir ihr Domizil vorgestellt.

„Ich suche dir die Unterlagen schnell heraus", sagt sie, holt eine Aktentasche hervor und kramt darin herum. Sie scheint wirklich gut ausgestattet zu sein. Während sie Papiere sichtet und gleichzeitig sortiert, sehe ich mich weiter um. Dann fällt mein Blick auf das Regal neben dem Fernseher. Was ist das? Ich trete einen Schritt darauf zu. Tatsächlich. Ich habe richtig gesehen. Dort sind wahrhaftig fünf Dildos aufgestellt. In unterschiedlichen Größen, Formen und Farben. Ich staune nicht schlecht. Das hätte ich Eugenie gar nicht zugetraut.

„Gefallen sie dir?" Ich habe nicht bemerkt, dass sie hinter mich getreten ist und schrecke zusammen.

„Nun, wer es mag …" Sie rückt ein wenig näher an mich heran. „Wenn du magst, probieren wir einen aus. Welcher gefällt dir am besten?" Ich weiß nicht so recht, was ich sagen soll. Wortlos nehme ich ihr die Unterlagen aus der Hand, murmele eine Abschiedsfloskel und ergreife die Flucht. Was war das denn? Ein Annäherungsversuch? Ich bin mir nicht sicher. In der Hinsicht bin ich bereits seit ein paar Jahren aus der Übung. Was für eine seltsame Frau. Nicht, weil sie augenscheinlich eine Vorliebe für Dildos hat. Oder auf Frauen steht. Nein, da bin ich tolerant. Jedem, wie es ihm gefällt. Aber diese offene Zur-Schau-Stellung hat mich jetzt doch irritiert. Ich mache mich auf direktem Weg zur Raucherbank, wo die anderen bereits auf mich warten. Ich brenne darauf, von Eugenies Steckenpferd zu berichten. Tratsch hin oder her, wer seine Dildos so offen präsentiert, muss damit rechnen, dass darüber geredet wird.

Abschied

Es ist Mittwoch. Drei Wochen ist es nun her, dass ich hierher kam. Mit nichts und niemanden wollte ich etwas zu tun haben. Meine Ruhe wollte ich haben und die mir auferlegte Reha-Zeit so gut es geht hinter mich bringen. Ohne zwischenmenschliches Geplänkel, ohne Freundschaften, ohne Aufsehen.
Es ist Mittwoch. Nach dem Frühstück ist es so weit: Gundula und Sabine werden abreisen. Rieke, Isa und ich platzieren uns auf der Bank vor der Klinik und warten auf die beiden, die aus ihren Zimmern ihr Gepäck holen und die letzten Formalitäten an der Rezeption erledigen. Wir beobachten unterdessen die unterschiedlichsten Abschiedsszenen. Keine von uns sagt etwas. Ich lasse meinen Blick schweifen und entdecke das kopulierende Kurschattengewächspärchen. Auch sie müssen sich voneinander verabschieden. Sie halten sich an den Händen, schauen sich tief in die Augen und immer wieder streicht er über ihre Wangen, entfernt ihre Tränen. Sie muss zurück, wahrscheinlich zu Mann und Familie und er bleibt zurück, in grauer Jogginghose, weißem T-Shirt und Badelatschen, die seine behaarten Zehen zur Geltung bringen. Abschied tut weh. Immer. Da gibt es keine Ausnahme. Ich entdecke den Zwinkerer, wie er sich von seiner Reha-Clique verabschiedet. Er klopft jedem seiner

Kumpane kräftig auf den Rücken und kurz bevor er in sein Auto steigt, schaut er zu mir herüber. Er zwinkert mir zu. Logisch. Ich kann nicht anders und zwinkere zurück. Das scheint ihn glücklich zu machen. Er lacht, steigt in sein Auto und hupt, als er an uns vorbei fährt. Dann bleiben zwei Gepäckwagen, hochbeladen, vor uns stehen. Hinter Koffern und Taschen versteckt, erkenne ich die Stimmen von Sabine und Gundula.

„So, alles erledigt. Jetzt kann es losgehen. Wir holen jetzt unsere Autos, damit wir alles einladen können. Bleibt ihr so lange hier?" Sabine möchte ungern ihr Gepäck unbeaufsichtigt lassen.

„Mach dir keine Sorgen. Schließlich wollen wir uns gebührend von euch verabschieden." Isa zwinkert uns zu. Diese Zwinkerei scheint im Trend zu liegen. Als Sabine und Gundula außer Hörweite sind, öffnet Isa ihren Rucksack und holt drei Kopfkissenbezüge hervor.

„Wo hast du die denn her?" Das interessiert mich jetzt wirklich.

„Organisiert", lautet ihre Antwort. Rieke und ich schauen uns fragend an. Ich weiß, dass ich manchmal ein Pechvogel bin, wenn es um das Denken geht, daher freue ich mich umso mehr, dass es Rieke in diesem Moment ähnlich geht.

„Naja, die Putzfee auf meinem Flur ist eine echte Perle. Jetzt können wir winken." Sie drückt uns jeweils einen Bezug in die Hand und da fährt auch schon Gundula vor. Kurz danach Sabine. Wir helfen den beiden, ihr Gepäck zu verladen und dann ist es an der Zeit, auf Wiedersehen zu sagen. Letze Umarmungen, letzte Wünsche, letzte Ermahnungen. Dann steigen die beiden in ihre Autos und wir winken mit den Kopfkissenbezügen, bis die Rücklichter nicht mehr zu sehen sind.

Sonnenliegenbesetzer

Nach drei Wochen ist das den Patienten zustehende Reha-Programm aufgebraucht. Rückenschule, Wirbelsäulen- und Wassergymnastik, autogenes Training, Ergotherapie, Moorbehandlungen und medizinische Bäder, Vorträge, Seminare … all das ist abgeschlossen. So ist der Therapieplan für die vierte Woche recht übersichtlich. Geräte- und Ausdauertraining, Psychotherapie und noch einen bei den Ärzten erbettelten Physiotermin füllen die Tage nicht aus. So ähnelt die Maßnahme eher einem Erholungsurlaub. Auch nicht schlecht. Das Wetter spielt mit und in den langen Pausen zwischen den Terminen bieten sich Sonnenbäder im Garten der Klinik an. Doch gerade das gestaltet sich schwieriger als gedacht. Mit der Abreise von Sabine und Gundula ist eine große Gruppe neuer Patienten angereist. Vornehmlich aus dem Ruhrgebiet. Bottrop. Dortmund. Herne. Was für eine Unruhe. Fußball ist das Thema Nummer eins, gefolgt von Beschwerden über den Mangel an schmackhaftem Essen. Pommes gehören schließlich zu einem guten Essen dazu. Wieder habe ich etwas gelernt. Allerdings ist das so gar nicht meine Welt. Ob Schalke oder BvB oder wie diese Fußballclubs so alle heißen, gewinnen oder verlieren, ist mir herzlich egal. Und Pommes schmecken mir eh nicht. Weder rot-weiß, noch naturbelassen. Aber eines stört mich doch: Bereits vor dem Frühstück werden die Sonnenliegen mit Handtüchern besetzt. Das darf doch wohl nicht wahr sein. Wo sind wir? El Arenal? Rieke, Isa und ich beschließen, etwas dagegen zu unternehmen. An einem Morgen machen wir uns nach dem Frühstück auf den Weg in den Garten. Schließlich haben wir erst am Nachmittag Termine auf unseren Plänen stehen. Als wir in den Garten treten, trauen wir unseren Augen nicht. Bis auf drei Liegen sind alle mit Handtüchern belegt. Nur die Handtuchbesitzer sind nicht anwesend. Wir schauen uns an. Drei Frauen, ein Gedanke. Wir nicken uns zu und dann machen wir uns an die Arbeit. Alle Handtücher werden von uns eingesammelt, säuberlich zusammengelegt – Ordnung muss schließlich sein – und auf einer Liege in drei Stapeln abgelegt. So. Jetzt ist die Welt wieder im Lot. Zumindest für uns. Wir machen es uns bequem und warten mit Spannung auf das, was kommen wird. Auf die Reaktionen der Bottroper, Dortmunder, Herner, der Schalke- und BvB-Fans, der Pommes-Liebhaber. Nach und nach kommen auch andere Klinik-Gäste in den Garten, um die Sonne zu genießen. Genügend Liegen sind ja nun frei. Und dann ist es soweit. Die ersten beiden Handtuchbesitzer entdecken die Katastrophe. Als sie die Situation erfassen, sind sie äußerst empört.

„So eine Frechheit", schimpft ein Dickbäuchiger in roter Jogginghose, kariertem Hemd und Badelatschen, als er sein grünes Handtuch im dritten Stapel ganz unten entdeckt.

„Wer macht denn so etwas?" will eine korpulente Blondierte in knappen Shorts von uns wissen.

„Keine Ahnung", antwortet Isa und gähnt.

„Das wird das Hauspersonal gewesen sein", spekuliert Rieke.

„Ja, aber warum denn?" Tränen schimmern in den Augen der Liegenbesetzerin.

„Das Besetzen von Liegen mit Handtüchern verstößt gegen die Hausordnung", sage ich. Die Ruhrpottperle schaut mich mit weit aufgerissenen Augen an.

„Oh, das wusste ich nicht." Sie fischt ihr rosafarbenes Handtuch aus dem Stapel Nummer zwei und verschwindet. Keine Ahnung wohin. Im Garten bleibt sie auf jeden Fall nicht. Rieke, Isa und ich grinsen uns an. Den ganzen Vormittag über beobachten wir das Suchen nach Handtüchern, lauschen den Flüchen und haben unseren Spaß. Und die erfundene Hausordnung spricht sich sehr schnell herum.

Freundschaft

Die Tage plätschern dahin und dann ist er da, der letzte Reha-Abend, den wir nicht in der Klinik verbringen möchten. Wir wollen essen gehen. Viel mehr kann man in Bad Ungerhol auch nicht machen. Aber essen ist immer gut. Also machen wir uns auf den Weg. Wir spazieren ins Dorf und studieren fast jede aushängende Speisekarte, die wir passieren. Schließlich landen wir in einem Restaurant mit einer großen überdachten Terrasse. Rot-weiß-karierte Tischdecken schmücken rustikale Holztische, rote Sitzkissen die dazu passenden Stühle. Kleinbürgerlich und doch durchaus einladend. Wir geben unsere Bestellung auf und plötzlich kreisen die Trauergeier über unseren Köpfen. So sehr ich mich auch auf zu Hause freue, so sehr wird mir auch bewusst, dass es an der Zeit ist, Abschied zu nehmen. Das stimmt mich sehr traurig und wieder einmal füllen sich meine Augen mit Tränen. Diese Heulerei nervt. Ich war noch nie so nah am Wasser gebaut, wie in dieser Reha. Dass es den Mädels ebenso geht, tröstet mich allerdings.
„Jetzt wird nicht Trübsal geblasen. Wir wollen uns heute Abend amüsieren", ermahnt Rieke uns. Allerdings sehr halbherzig. Obwohl sie es zu verheimlichen sucht, bemerken Isa und ich dennoch, dass sie sich verstohlen die Augen trocknet. Wir

lassen also die vergangenen Wochen noch einmal vor unserem geistigen Auge ablaufen, erinnern uns an die Momente, in denen wir besonders viel Spaß hatten, aber auch an die Begebenheiten, in denen wir uns gegenseitig den Halt boten, den wir brauchten. Plötzlich stehen die Jenny-Elvers-Kopie und ihre Timo-Fan-Genossin an unserem Tisch.

„Oh, hallo. Feiert ihr Abschied? Wie schön. Dürfen wir uns dazu gesellen?" Das. Geht. Gar. Nicht. Isa schaut sich um.

„Da drüben ist noch ein Tisch frei." Das war deutlich. Klar. Verständlich. Nicht aber für die beiden.

„Der Tisch ist ziemlich groß und wir sind doch nur zu zweit." So eine dämliche Ausrede.

„Wir bleiben lieber unter uns. Es ist schließlich unser letzter gemeinsamer Abend", versuche ich die Situation zu erklären.

„Was wollt ihr? So tief kann die Freundschaft nach vier Wochen doch nicht sein."

Rieke setzt sich gerade. „Weißt du überhaupt, was Freundschaft ist?" Ihre Augen funkeln und ihre Stirn wirft eindeutig zu viele Falten. Die beiden scheinen nicht so recht zu wissen, was sie antworten sollen. Doch Rieke ist nun in Fahrt.

„Freundschaft bedeutet nicht nur, dass man gemeinsam Therapeuten anbaggert. Darüber solltet ihr einmal nachdenken." Warum ist Rieke nur so böse?

„Komm, Marie. Kein Wunder, dass in den vergangenen Wochen niemand nur irgendetwas mit denen zu tun haben wollte." Die Jenny-Kopie zieht Marie am Ärmel. Endlich trollen sie sich.

„Was war das denn?" will Isa von Rieke wissen.

„Ich kann die beiden nicht leiden. Und zum Abschluss der Reha habe ich mir einfach ein bisschen Bösartigkeit gegönnt. Sollen wir nicht alle lernen, nein zu sagen?"

„Nun, dieses therapeutische Ziel hast du auf jeden Fall erreicht", stimme ich ihr zu. Ich kann diese beiden nämlich auch nicht leiden.

„Herzlichen Glückwunsch", Isa erhebt sich von ihrem Stuhl und reicht Rieke feierlich die Hand, „Sie werden als geheilt entlassen." Dass uns die Restaurantgäste um uns herum erstaunt beobachten, bemerken wir erst, als unser Lachen nachlässt.

„Da haben wir wieder einmal ordentlich Aufsehen erregt", stellt Isa fest.

„Das wäre dann unser Abschiedsgeschenk an Bad Ungerhol. Darauf trinken wir noch ein Gläschen." Rieke winkt den Kellner heran: „Diese Runde geht auf mich."

Der Abend vergeht viel zu schnell und als wir aufbrechen, müssen wir uns beeilen, damit wir nicht unsere letzte Nacht auf den Bänken vor der Klinik verbringen müssen.

Auf Wiedersehen

Neun Uhr siebenundzwanzig. Ich starte den Motor. Die zweihundert Meter zum Parkplatz habe ich dieses Mal mühelos geschafft. Jetzt fahre ich zur Klinik, um mein Gepäck einzuladen, das auf dem Gepäckwagen Nummer drei im Foyer auf mich wartet. Rieke hat ihr Auto bereits beladen, Isa wird erst gegen Mittag abgeholt. Als ich vorfahre, warten die beiden bereits auf mich. Sie helfen mir, meine Habseligkeiten zu verstauen. Und dann heißt es endgültig Abschied nehmen.

„Mädels ... Kurz und schmerzlos bitte. Ich möchte nicht mit einem Tränenschleier auf der Autobahn fahren müssen." Rieke schnäuzt sich. Auch meine Augen füllen sich mit Tränen.

„Ich werde euch so sehr vermissen."

„Du musst uns nicht vermissen. Wir bleiben in Kontakt. Und nächstes Jahr sehen wir uns alle wieder. Ganz bestimmt." Isa hat bereits am Abend zuvor verschiedene Möglichkeiten für gemeinsame Treffen durchdacht.

„Ja, ganz bestimmt", stimme ich ihr zu.

„Jetzt macht ihr beiden euch aber auf den Weg. Zackzack, eure Familien erwarten euch." Isa hat eindeutig das Zepter in der Hand. Noch eine letzte Umarmung. Ein letzter Kuss. Und dann steige ich in mein Auto und mache mich auf den Weg in mein neues altes Leben.

ENDE

Ebenfalls bei BoD erschienen:

Das Leben ist ein Regenbogen
Kurzgeschichten
ISBN: 978-3-7357-7610-5

Schau in den Spiegel, wenn du dich traust
Kurzgeschichten, Gedichte, Glossen
ISBN: 978-3-7386-4987-1

Leben ist das, was man tut
Kurzgeschichten, Gedichte
ISBN: 978-3-7460-3373-0